Roue Libre
en
Kaléidoscope

Du même auteur

LE CHOIX DES TRICHEURS

LA VIE RAYÉE

PLUS & ENCORE

**AILLEURS,
C'EST FORCEMENT MIEUX**

TOURMENTES & TURBULENCES

GRIFFURES

DES CHRYSANTHÈMES EN ÉTÉ

**NOUS NOUS SER(i)ONS TANT
AIMÉS…**

Sacha Stellie

Roue Libre
en
Kaléidoscope

ROMAN

ISBN 9798498622231

Aux formidables rencontres
qui ont toujours jalonné ma vie.

À mon Adrien,
à sa lumineuse sensibilité
& son luxuriant talent.

« L'ennui avec le mal, c'est qu'on s'y habitue,
il faut du génic pour inventer. »
Jean-Paul Sartre

***

L'air rouge et compact entre dans ses poumons
avec ce détestable goût d'eau stagnante.

Le métal, d'un bleu glacier
aux inquiétants reliefs turquoises,
glisse sous ses doigts paniqués.

.La musique assourdissante, opaque et
visqueuse,
s'insinue dans chacune de ses terminaisons.

La peur, saillante et tentaculaire,
bat le sang au creux de ses tempes.

L'odeur de salpêtre vert-de-gris se mêle à celle,
sournoise, d'ambre cireuse.

La porte inconnue s'ouvre.
Il est là, tel une ombre.

Spectateur, maître, abject.

Ses lèvres, à la finesse masculine dérangeante,
s'articulent avec perversité pour prononcer
l'indicible.

L'insupportable.

Cinq lettres sifflées en dégradé d'ocre
qui glacent et figent sa mémoire.

« Viens... »

Le grain de diable dans le rouage.

***

La Synésthésie

(du grec *sunaisthêsis,* perception simultanée) est une expérience subjective dans laquelle des perceptions relevant d'une modalité sensorielle sont régulièrement accompagnées de sensations relevant d'une autre modalité, en l'absence de stimulation de cette dernière.
(Visualisation des lettres et des chiffres en couleurs, audition odorante, représentation du temps dans l'espace, pensées gustatives, émotions géométriques…)

Préface

Bien sûr le phénomène interpelle.

Les pensées et les sensations jouent habituellement dans des cours isolées, chaque jeu avec ses règles. Les sensations, les émotions, les mots travaillent leur discipline et ne se confondent jamais, sauf peut-être lors d'une délicate ébriété ou lors de ces demi-sommeils qui nous prennent sans annonce alors que nous sommes alanguis sous le premier soleil du printemps.

Mais si le cerveau prolonge dans le quotidien ce qu'il ne s'autorise habituellement que lorsqu'il relâche son attention, cela interpelle. Il n'est pas si anodin de devoir composer ses journées et apprécier ses relations avec nos camarades de jeu si notre esprit s'amuse à placer des petits chevaux sur l'échiquier ou s'applique à jouer aux dominos avec les cartes du huit américain. Vivre en permanence ce que la plupart d'entre nous ne connaît que rarement ou artificiellement, lorsque notre esprit divague au point de ne plus être bien sûr d'être éveillé ou en plein rêve, cela doit être source de bien des tourments.

Mais en réalité la synesthésie n'est en elle-même pas particulièrement créative, très rarement troublante. Le mot « table » a le parfum de la menthe fraîche ? À chaque fois que le synesthète pensera ou dira « table », l'odeur de la menthe lui prendra le nez. La lettre « T » est masculine ? Toutes les lettres T du monde seront masculines, et la féminité leur ira comme un haut de forme à une hirondelle.

Alors une fois passée la surprise de la révélation, la surprise de la singularité, le quotidien d'une vie où les sens s'entremêlent n'est pas si différent de celui d'un esprit qui décloisonne moins les stimuli et ne crée pas de pont entre les sensations, les idées, les émotions.

Pour autant, même si la rigidité des correspondances – et leur incommunicabilité – semble ne pas être source de tant d'enrichissement du vécu ou si l'immuabilité des associations peut même se faire frustration, ça n'est pas tant le fait que l'esprit combine terme à terme les langages qui importe, que le fait que la combinaison constitue en elle-même un réseau étendu, une échappatoire à la circulation linéaire de l'information, peut-être même une matrice solide intermédiaire entre le corps éprouvant et la subjectivité pensante.

La multimodalité sensorielle consciente se place à l'interface. Si le corps toujours coordonne dans la complexité ses ressentis, actions, réponses, stimuli et que l'esprit traite les informations de façon analytique, univoque et unidirectionnelle, celui à qui il est donné d'accéder au lieu de rencontre de ces deux univers sans doute bénéficie d'un point de vue privilégié sur son vécu, sur sa propre histoire.

Tel est l'atout de la synesthésie, au-delà du simple phénomène de correspondance. Elle réassure, elle renforce l'esprit, elle lui donne accès aux informations qui l'ont fait naître et qui le sous-tendent en permanence. Paradoxalement, la solidité des synesthésies renforce la plasticité cérébrale.

Vous lirez, en roue libre et en parfait équilibre, une histoire plus que tridimensionnelle, vous y découvrirez combien le sens multiple fait de la signification et de l'extension, dans le passé, le présent et l'avenir, mais aussi et surtout entre les êtres.

Léopoldine et Marceau trouveront par l'entremise de la multimodalité comment ils sont liés, désormais combinés, comme les chiffres et les émotions dessinent parfois des formes abstraites aux textures de soie et de lin. Les sons et les couleurs, normalement, ça ne fréquente pas le même univers, mais lorsque les frontières sont abolies, tous les univers se lient pour avancer ensemble vers la même destinée.

Vincent Mignerot
Chercheur indépendant en sciences humaines
Fondateur du projet Synesthéorie (qui a pour objectif l'étude des synesthésies)
Membre du groupement de Recherche Esthétique,
Art et Science, CNRS, Université Paris Descartes
Auteur de nouvelles et d'essais.

CHAPITRE 1

Un anniversaire monochrome

Cela fait dix jours que rien de vraiment coloré n'a traversé la vie de Léopoldine. Ce désagréable constat l'imprègne dès la sonnerie du réveil décuplant son vide chronique.

Elle se lève péniblement et tire ses rideaux sur un petit matin tout gris et informe. Elle observe deux tourterelles qui se partagent élégamment un quignon de pain humide. Elle écoute leurs roucoulements bruns et ovales. Elle aimerait bien partager ses tartines, elle aussi, avec quelqu'un en ce vendredi noir de juin.

Elle foule les lattes tièdes du parquet de ses pieds nus jusqu'au salon, vide lui aussi.

Dans deux heures, elle a ce casting vocal pour la pièce radiophonique de Federico García Lorca « La maison de Bernarda Alba ». Elle a répété tard dans la nuit, se gargarisant des répliques de cette grand-mère égarée dans ses délires érotiques. La tendance met à mal la misogynie de l'auteur mais Léopoldine aime jouer ces rôles extravagants que d'autres jugent délicats. Le fait de pouvoir user de son timbre rauque et des consonances ibériques qui s'échappent involontairement de sa gorge est libératoire et justifie à lui seul le désir de postuler, malgré les oppositions grandiloquentes de son agent. Elle se demande d'ailleurs parfois à quoi lui sert cet agent. A part se graisser la patte... Elle ne lui propose que des projets d'un ennui ! Tous les rôles excitants, elle les a dénichés elle-même. Au détour d'une rencontre, d'une annonce, d'un bruit qui court...

Elle a froid soudain. Nous sommes le dix-sept juin et toujours pas le moindre signe d'un quelconque été. Elle s'enroule dans un plaid en mohair vert canard et se recroqueville dans un de ces deux fauteuils Club jaunes, un mug de café fumant à la main.

Dix-sept juin. C'est son anniversaire aujourd'hui. Son véritable anniversaire. Dix-sept juin. Et même si le nombre est lumineux comme un soleil accolé au plus joli mois de l'année drapé de la somptueuse couleur de l'océan, ce sera un de plus pourtant qu'elle ne fêtera pas car ce n'est pas celui indiqué sur son acte de naissance.

Léopoldine est née le dix-sept juin 2009 au CH d'Annecy Gennevois. Une fracture du bassin, deux au bras gauche, le ménisque droit en miettes, une clavicule fêlée et un trauma crânien. C'est pénible de naître dans de telles conditions parce que la vie débute par un combat permanent et douloureux. Physiquement douloureux. Mais soigner ses os cassés n'a pas été le plus compliqué. Non, le laborieux est venu après. De manière bien plus violente.

Ses membres se sont ressoudés sans trop de dégâts et, à part les jours de pluie, elle ne souffre presque plus.

Sa plus grosse séquelle est ce vide. Ce vide immense qu'abrite son être. Un néant étranger, un trou noir inexplorable, un abîme indomptable.

A son réveil, après dix jours de coma artificiel, Léopoldine ne se souvenait de rien. De rien du tout. Ni de ses parents, ni de ses amis, ni de sa maison, ni de ses études, ni de sa vie, ni d'elle-même.

Officiellement, elle est née le dix-huit septembre 1988 à 22h34, de Marie-Anne Chambeau-Fontaine et de Jean-Edouard Fontaine. Or dans les faits, Léopoldine, elle, n'a que sept ans.

Elle choisit dans sa penderie une longue robe noire boutonnée jusqu'au col, remonte ses cheveux de soie ébène en chignon strict, enfile une paire de Derbies gris-bleu et casse ce style entre-deux-guerres par une veste en jean neuve élimée.

Elle maîtrise son texte à la perfection et fait rouler encore quelques répliques délirantes devant son miroir en allongeant ses cils d'un noir profond. Ses yeux sont bleus. D'un bleu translucide. Elle s'approche de son reflet et les scrute. Elle entre dans la cornée, traverse l'iris, passe au travers du cristallin jusqu'à atteindre la vitrée. Ensuite, comme toujours, impossible d'aller plus loin. C'est dans cette antichambre qu'elle reste bloquée. Elle voudrait avoir accès à l'immensité de son cerveau, à ce qui est là, forcément quelque part. Elle tente de progresser encore, force, se concentre, ordonne à son regard de franchir cette muraille impénétrable… Jusqu'à ce que sa vue se floute et se perde dans une buée blanchâtre insaisissable. Et le vide remporte la bataille. Comme à chaque fois.

Ce rôle, elle doit le décrocher. L'atmosphère cloîtrée de cette vieille demeure, ces femmes qui ne doivent songer qu'à leur honneur, le mélange de l'exacerbation de leurs frustrations et de leurs passions qui les conduisent jusqu'à la folie… Elle ne sait pas pourquoi, mais il le lui faut. Il est fait pour elle.

Dans son dépouillement, quelque chose lui souffle qu'il est un commencement, qu'il va tout chambouler.

CHAPITRE 2

Faire-part

Marceau se réveille en sursaut et en nage.

La poitrine compressée, il s'assoit en tailleur, en quête d'air.

Une faible lumière filtre à travers les persiennes, la nuit est derrière lui. Une de plus. Il pose son regard sur Blandine apaisée, lovée dans la couette, encore plongée dans un profond sommeil.

Il se lève sans bruit, sort de la chambre et referme de sa main tremblante la porte avec précaution.

Sentir le carrelage blanc glacé sous ses pieds l'apaise quelques secondes. Il se jette de l'eau fraîche sur le visage et s'asperge la nuque. Il s'appuie sur le rebord du lavabo et dissèque son reflet. Qui est cet homme aux traits contractés, aux cernes sombres et aux commissures aigres ?

Il ouvre la fenêtre de la salle de bain et tente de respirer à pleins poumons. Le ciel est menaçant et l'atmosphère humide. Il suffoque.

Il allume la cafetière et fait coulisser la baie vitrée de la cuisine. Puis celles du salon, espérant un quelconque échange de particules, de masses d'air. Il sait qu'après la douche, ça ira mieux. Bien qu'il s'évertue à chercher du froid, son allié est le chaud. Il a le pouvoir de relâcher ses muscles, de faire retomber la pression. Un peu. Trop peu. Combien de temps va-t-il pouvoir continuer ?

Au début, il a pensé que ça allait passer, que ce n'était que passager. Il s'est auto-convaincu que, comme toujours, il allait se ressaisir, reprendre le contrôle, poursuivre. Il a nié, détourné, feint.

Marceau est physicien. Il aime les faits tangibles, mesurables, concrets. Il est cartésien et pragmatique. Bien sûr que ces légers malaises allaient passer, ils n'avaient aucune raison de perdurer.

Marceau Dorléans est né le treize décembre 1981 à Brest, fils de Noël Dorléans, militaire de carrière et de Jacqueline Dorléans, née Marot, mère au foyer. Troisième d'une fratrie de sept enfants (deux garçons, cinq filles), un parcours scolaire sans faille, prépa, Mines de Nantes, doctorat à Paris puis post-doctorat à Genève, il travaille aujourd'hui dans la recherche fondamentale en sciences appliquées pour un grand groupe privé dont il n'aime pas citer le nom. Il partage l'appartement de Blandine Lesage, adjointe au pôle finance du ministère de la santé, avec laquelle il est fiancé depuis deux ans et qu'il s'apprête à épouser.

Il plonge un sucre dans son expresso et le boit, debout, torse nu, le nez perdu dans les toits de Paris.

Le mariage aura lieu dans 99 jours très exactement. La barre des 100 est passée. A présent, c'est la descente.

Tout est prévu. Réservé, verrouillé, vérifié douze fois. Enfin, selon son point de vue. Blandine, elle, ne cesse de répéter qu'il reste un milliard de détails à régler. Marceau ne saisit pas quoi et Blandine s'agace. Quand cette conversation a lieu, il fuit. Aucune envie de batailler. Alors, il s'échappe. Il prétexte et sort prendre l'air.

De l'air justement. Encore un peu d'air et il s'habillera. Il est en retard. Il n'était jamais en retard avant. Ces derniers temps, il gaspille les minutes à ne rien faire. Juste à essayer de respirer convenablement. Et à retarder. A tout retarder. Tout est source d'angoisse. Se rendre au travail, aller au supermarché, à la piscine, assister à un dîner, à un spectacle, déjeuner avec des collègues, fêter un anniversaire.

Même aller se coucher l'angoisse.

Il entend la sonnerie du réveil de Blandine et se hâte d'enfiler sa chemise. Il n'a pas envie de parler. Pas encore. Surtout, il ne veut pas la froisser. Il attrape sa veste et se sauve.

Il referme, de sa main toujours tremblante, la lourde porte de l'immeuble Haussmannien.

Sur le trottoir, il prend conscience que ça ne passera pas.

Il est dans l'entonnoir et il y glisse lentement.

CHAPITRE 3

Collision multicolore

La pluie fine et constante qui s'abat à présent sur Paris rend la circulation sur la rue de Rennes bien difficile. Marceau au volant s'impatiente. Depuis quelques semaines il a abandonné les transports et privilégie l'habitacle moins hostile de la Mini grise de Blandine. Il n'aime pas se déplacer dans cette voiture qu'il juge ostentatoire. Ça a été un sujet de discorde lorsque sa future femme a souhaité l'acquérir. Il trouvait le prix exorbitant et ne saisissait pas l'intérêt de l'achat. Il a essayé de s'opposer en proposant des véhicules plus communs, alliant l'aspect pratique à l'économique. Comme toujours, ses objections ont été vaines et la semaine qui a suivi, Blandine a déposé sur la console de l'entrée la clef rutilante de la fameuse Cooper.

Marceau a chaud. Il ouvre un bouton supplémentaire de sa chemise et abaisse la vitre. Tandis que les infos déversent leur flot quotidien de nouvelles accablantes, il cherche au loin une issue pour s'extirper de cette nasse urbaine. A cinquante mètres, sur la droite, il aperçoit une rue. Un bref coup d'œil dans le rétro, un autre sec de volant puis un dernier d'accélérateur et il déboîte sur la voie des bus. Au même moment, un autre véhicule qui semble avoir eu la même idée (mais de manière plus mesurée) surgit devant lui. Ce dernier, à peine engagé dans sa nouvelle file, se stoppe net. Marceau enfonce instantanément tout le poids de sa jambe droite sur la pédale centrale mais le sol humide trahit l'efficacité de ses freins.

La Mini vient s'encastrer dans une Fiat 500, bleu salle de bain des années cinquante. Un gros choc accompagné d'un bruit de tôle désagréable.

Marceau songe immédiatement à la réaction de Blandine. Il se sent coupable, désolé et en colère. Il reste hébété quelques secondes, cloué dans le fond de son siège, écrasé par trois mètres cubes d'algues visqueuses verdâtres. Enfin, il se dégage de sa ceinture, ouvre la portière et sort pour constater l'ampleur des dégâts.

Oh la vache… Tout l'avant est bousillé. Le pare-chocs enfoncé et le capot godaille en direction du pare-brise. Comment une collision à une vitesse aussi faible peut-elle provoquer autant de dommages ? C'est une catastrophe. Une CA-TA-STROPHE ! Blandine va le tuer.

Un rire bruyant le fait se retourner. Une jeune femme rit aux éclats, la main devant la bouche, les yeux écarquillés.

– *Kaléidoscope* ! l'entend-il s'écrier.

Elle semble sortir d'une autre époque. Elle porte une longue robe noire et des chaussures de grand-mère. Ses cheveux noirs tirés en arrière accentuent l'angulosité de son visage. Filiforme, elle mesure un bon mètre soixante-dix. Pourtant, une certaine douceur émane de son regard clair.

– Ça vous fait marrer, vous ? s'énerve Marceau.

– Ben, oui, assez. Vous n'avez rien ?

La main de la femme a abandonné ses lèvres pour se poser sur l'épaule de Marceau. Instinctivement, il recule. Il n'aime pas qu'on le touche. C'est qui cette folle ? Et le mec de la Fiat, pourquoi il ne sort pas ? Pris de panique, imaginant le pire, il se rue vers la portière de la voiture bleue et l'ouvre. Il entend à nouveau rire.

– Sinon, moi, ça va... Enfin mieux que mon coffre... lâche négligemment la fille.

Il ne peut s'empêcher de la dévisager. Son front est haut, ses yeux en amande d'un bleu translucide sont très rapprochés, entre eux deux se faufile un nez fin mais disproportionné, le tout est souligné d'un sourire ample qui s'achève en fossettes asymétriques. Son physique n'a aucune cohérence.

– Ecoutez, j'ai un rendez-vous vraiment très important que je ne peux pas me permettre de rater, annonce-t-elle. Je vous propose de faire le constat plus tard. En fin de journée par exemple si ça vous va.

Il y a clairement quelque chose qui cloche chez elle. Il vient de lui défoncer l'arrière de sa bagnole et elle, non contente de se marrer, elle diffère le constat. Elle se tient maintenant devant lui à trente centimètres, les poings sur les hanches. Marceau recule. Ce qu'il n'aime pas les gens intrusifs qui pénètrent dans son espace personnel. C'est d'une incorrection…

– Bon, vous le notez mon numéro que je me sauve ! En plus, on a intérêt à déguerpir parce que le bus arrive et à mon avis, notre petit brin de causette ça va pas vraiment plaire !

Marceau visualise mentalement le bus puis les flics puis l'amende puis Blandine. Il sort son téléphone.

– Je vous écoute…

– Je m'appelle Léopoldine : 06.95.09...

Elle se hâte de remonter dans sa voiture et, entre deux coups de klaxon exaspérés du chauffeur de bus, elle vocifère :

– A partir de 19h30, où vous voudrez, c'est bon pour moi !

Marceau regagne à son tour sa Mini cabossée et démarre sans traîner. La voiture roule encore, c'est déjà ça.

Quel stress… Au feu, il ferme les paupières, se concentre sur sa respiration et essaie de calmer ses palpitations. Il n'est pas pressé d'être à ce soir et d'avoir à annoncer le carton à Blandine. Ah ça, non ! Il va avoir droit à un chapelet de reproches. Et l'angoisse revient... Et s'il ne disait rien et faisait les réparations en douce ? Pour avoir la paix. Juste la paix…

Mais c'est qui cette nana qui semble venir d'une autre planète ? Léopoldine ! Qui s'appelle

Léopoldine de nos jours ? Elle a été plutôt sympa… Elle ne lui a pas braillé dessus, elle a même ri, de bon cœur visiblement, elle s'est inquiétée pour lui, n'a pas pris son numéro, ni noté sa plaque ou même demandé son nom. Elle est partie souriante, l'air tranquille, à son rendez-vous important. Il l'envie soudain. Il se sent si lourd, lui.

Elle a ri et lui ne s'est même pas excusé. C'est quoi qu'elle s'est écriée au début ? Un mot étrange… Qu'il a jugé inapproprié.

Et lui, qu'a-t-il dit au juste ? Trois mots à peine. Il a été tellement sonné par l'incident en lui-même et par l'éventuelle réaction de Blandine qu'il en a oublié tout le reste. Quel mufle !

Une honte coupable l'envahit soudain. Il lui présentera des excuses conformes ce soir.

19h30 ? Mince, mais c'est impossible ce soir ! Il dîne chez ses beaux-parents, comme à peu près tous les vendredis soir calendaires.

Il se met à avoir à nouveau très chaud. Il descend la vitre jusqu'en bas et éteint la radio. Du silence, de l'air, du temps…

Il n'en peut plus. Il sent l'étau se refermer. Il suffoque.

Que se passera-t-il lorsqu'il n'y arrivera plus du tout ?

CHAPITRE 4

Un bruyant constat

Léopoldine a donné tout ce qu'elle a trouvé en elle pour interpréter l'extrait de la manière la plus convaincante qu'il soit. Elle a occupé tout l'espace sur la scène, jouant comme elle aime le faire de chacun de ses membres malingres et souples. Jouer cette grand-mère hystérique lui a procuré un plaisir intense. Ce qu'elle aime particulièrement dans cette œuvre, c'est l'opposition entre le silence du deuil imposé par l'intransigeante marâtre Bernarda à ses quatre filles et le vacarme incessant présent dans la pièce. Comme quoi, aller à l'encontre de la nature ne donne jamais rien de bon. A présent, il lui faut attendre le résultat du casting…

Le mec de l'accident lui a filé rencart à 19h30 dans un bar près de République, le *Coltrane*. Ça ne l'arrange pas vraiment parce que c'est à l'autre bout de Paris et que le vendredi soir ça n'avance pas, mais bon, elle n'a pas voulu faire sa chieuse.

C'est la première fois que Marceau ment à Blandine. Enfin, non, il lui ment tout le temps mais pas sur son emploi du temps.

Il ment sur ses avis concernant ses prestations culinaires. Il ment sur ses choix cinématographiques. Il ment sur leurs échanges sociétaires, sur ses envies de destination de vacances, sur ses goûts vestimentaires – et décoratifs – et même sur l'intensité de leurs ébats. Il a prétexté *un problème de taille au labo. Il lui expliquera plus tard*, a-t-il ajouté. Normalement, elle ne lui posera pas plus de questions que cela. Elle ne s'intéresse guère à ses recherches qu'elle qualifie de terriblement ennuyeuses et surtout d'assez inutiles. Au début de sa carrière, Marceau était passionnément convaincu de l'utilité primordiale de ses travaux. Il a débuté au CNRS sur son sujet de prédilection, celui sur lequel portait son doctorat : le vide et le néant. Depuis qu'il a rejoint une entreprise privée par appât du gain, évidemment, l'utilité générale de ses recherches est plus contestable. S'est-il perdu en faisant ce choix ?

Lorsqu'il s'approche du café, il la repère immédiatement. Sa silhouette se détache d'entre toutes les autres tant elle ne ressemble à personne. Il la rejoint en sillonnant entre les tables et s'assoit sans même qu'elle se soit encore aperçue de sa présence. Elle est plongée le nez dans un bouquin, une paire de lunettes à montures extravagantes noires lui grignote la moitié du visage.

– Excusez-moi, je suis un peu en retard, j'ai eu beaucoup de mal à me garer, entre Marceau en matière.

Elle ne relève pas la tête et lui fait seulement signe de la main de patienter. Ses yeux font des allers-retours rapides de gauche à droite, sa bouche sourit et son menton dodeline.

Marceau patiente. Il la détaille. Rien ne va ensemble chez cette fille. Il y a des lois physiques qui régissent la nature mais elles semblent lui avoir échappé. Ses doigts sont trop longs, ses poignets osseux, sa peau mate, ses épaules carrées et son cou n'en finit pas.

Soudain elle lève les yeux au plafond et jette le livre sur la table en soupirant d'extase.

– Ooooh, comme j'aimerais avoir le talent de certains auteurs… C'est fabuleux d'avoir ce don, vous ne trouvez pas ?

– Parce que c'en est un selon vous ? demande Marceau.

– Mon Dieu, oui ! Avoir le pouvoir de transporter les gens rien qu'avec des mots bien choisis, bien ordonnés, bien ponctués… Je trouve cela magique, vraiment !

– Vous voulez dire *avoir la capacité de* ou avoir un don dans le sens *être né avec* ?

– Peu importe ! Le résultat est là, non ?

Son sourire est d'une telle intensité qu'il en est mal à l'aise. Sa véracité le transperce. Personne ne sourit ainsi. Tout son visage s'illumine à commencer par ses yeux et en un instant, c'est toute son âme qui s'échappe d'elle et envahit la salle tout entière.

Rien ne va avec rien chez elle et pourtant, elle est belle.

– Vous buvez quelque chose ? demande-t-elle.

– Oui, je veux bien un demi, s'il vous plaît.

Elle fait signe au serveur et commande. Elle, boit un liquide vert dans un verre calligraphié Perrier.

– Vous avez confiance, dites-moi, j'aurais pu ne pas venir, enchaîne Marceau.

– Mais vous êtes venu, touille-t-elle le fond de son verre avec sa paille.

– Mais je suis venu. A ce propos, je tiens à vous présenter des excuses, je me suis comporté comme un goujat ce matin. J'étais tellement contrarié par cet accrochage que j'en ai oublié les civilités d'usage.

Elle le regarde fixement. Elle le dissèque longtemps, sans convenance. Marceau recule légèrement sa chaise et se cale contre le dossier.

– Bon, on le remplit ce constat ? tente-t-il de se dégager.

– J'espère que vous savez faire parce que moi, absolument pas !

– Merde le constat ! Je l'ai oublié dans la voiture !

Léopoldine éclate de rire. D'un rire clair, à la belle amplitude, étincelant de décibels. Un somptueux rire théâtral.

– Vous riez de tout, tout le temps ? l'interroge Marceau.

– J'essaie, s'avance-t-elle vers lui les coudes sur la table en bois vernie.

Il l'envie à nouveau. Il y a tant de légèreté en elle, tant d'innocence et de liberté. Ce qu'il aimerait ne serait-ce qu'une poignée de secondes se reposer au creux de son cerveau.

– Pas vous visiblement, ajoute-t-elle plus gravement.

Elle se fait aussi sombre qu'elle était lumineuse l'instant d'avant.

– Non, pas moi, effectivement, répond avec sincérité Marceau. Pourtant j'aimerais, je vous assure. Peut-être pourriez-vous me dire comment on fait…

Elle s'affale au fond de sa banquette en skaï et clame d'un air nonchalant :

– On se prend une bagnole de plein fouet, on se fait dix jours de coma et au réveil, on est neuf, on se rappelle plus de rien ! Forcément après, ben, il nous reste plus qu'à rigoler… Que faire d'autre ?

Pour le moment, c'est Marceau qui vient de se prendre l'info en pleine face. Il déglutit et il sent sa bouche s'assécher. Et ça, ce n'est pas bon signe. Il a soif, très soif. Ses bras se mettent à lui faire mal. Une chaleur familière s'empare de sa nuque. Il se retourne vers le bar et hèle le serveur.

– Vous buvez quoi, Léopoldine ?

– Un Perrier menthe.

– Vous ne voulez pas quelque chose de plus fort parce que moi, là…

– Je ne bois pas d'alcool.

– Ah bon ? Et pourquoi donc ? demande-t-il surpris.

– Parce que ça me fait oublier les choses et que… Disons que pour moi, du coup, c'est inenvisageable.

Elle lui sourit à nouveau. L'ombre semble passée.

– Et vous ? Pourquoi vous buvez ?

– Pour la même raison. Parce que… Disons que pour moi, c'est ne pas oublier qui est inenvisageable.

Le garçon arrive à leur table et Marceau commande un Perrier menthe et un scotch. Il aime bien dire *scotch* parce que ça fait comme dans les vieux films américains qu'il regardait quand il était môme, habité par la hâte rageuse de devenir grand.

– C'est quoi votre nom ? l'interroge-t-elle.

– Oh mais oui, pardon, je ne me suis même pas présenté. Marceau. Marceau Dorléans.

– Ça fait très vieille France…

– Je suis très vieille France !

Et il se met à sourire le monsieur vieille France.

Et c'est comme si on lui dégrafait la camisole qui l'empêche de respirer depuis des semaines. Là, en une seconde, tout semble à nouveau aller droit dans sa vie. Il retrouve un peu d'air, un peu d'aisance, un peu de calme.

Un petit vent frais, un souffle de vie.

CHAPITRE 5

Le vide et le plein

Après le scotch, il y a eu un autre scotch, puis encore un autre. Et puis après, ils ont eu envie de manger des fruits de mer. Après la tarte Tatin, Léopoldine a souhaité aller danser et Marceau a trouvé l'idée fulgurante – c'est le mot qu'il a employé – et ça a beaucoup amusé Léopoldine. Alors, ils sont allés danser.

Marceau a encore descendu quelques verres et Léopoldine a beaucoup dansé puisque c'était le but initial.

Lorsqu'ils sont sortis sur le boulevard, le jour se levait. C'est là que l'envie de prendre un petit déjeuner leur est venue. Ils ont acheté des croissants et tout naturellement, à pied, ils ont terminé dans l'appartement de Léopoldine. Elle a fait couler deux cafés, sorti des verres pour le jus d'orange et ils se sont installés sur le tapis du salon autour de la table basse.

Et c'est là que ça a dérapé.

– C'est quoi le mot que tu as dit ce matin quand tu es sortie de ta voiture ? demande Marceau appuyé contre le fauteuil.

– Quel mot ?

– Justement c'est ce que je te demande. Un mot bizarre qui n'avait rien à voir avec la situation.

– Aucune idée ! Faut pas faire attention, je fais ça tout le temps.

– Tout le temps quoi ?

– Employer des mots inadaptés.

– Et pourquoi ça ?

– Tu veux vraiment savoir ? T'as combien de temps devant toi ? rit-elle encore.

– Au point où j'en suis…

Oui… Au point où il en est… Il n'a donné aucune nouvelle à Blandine depuis hier après-midi. Il n'a pas trouvé le courage de lui servir un baratin quelconque pour expliquer le fait qu'il ne soit toujours pas rentré. Il a opté pour le silence radio.

Une sensation désagréable vient lui tenailler le ventre et un vrombissement retentit dans ses tympans. Il se lève et sort son téléphone de sa poche. Il est 6h45 et le bobard du labo va commencer à être difficile à avaler. Il respire un grand coup et vérifie qu'il n'a eu aucun appel en absence. Rien. Elle n'a pas dû remarquer son absence encore. Sa tête se met à tourner. Il sait qu'elle se lève à 7h30 tous les samedis matin pour aller au centre équestre. Même s'il part maintenant, c'est foutu. Sa tête semble se vider de son sang, puis son cou, puis ses bras. Tout son corps est glacé subitement.

– Ça va ? l'interroge Léopoldine. Un souci ?

Il s'approche de la fenêtre et sort sur le balcon. Non, ça ne va pas. Il reste une dizaine de secondes le menton vers le ciel, les yeux clos. Que faire ? Que décider ? Quoi dire ? Il se sent découragé, anéanti, tellement fatigué. Non, ça ne va plus du tout. Il se retourne vers Léopoldine, blanc comme un linge.

– Je me marie dans 99 jours.

– Félicitations ! lâche-t-elle.

– Enfin, non, maintenant il ne me reste plus que 98 très exactement.

– C'est important d'être précis… se moque-t-elle.

Il rentre à nouveau dans le salon, fait le tour de la table à pas lents, deux fois, puis demande à Léopoldine :

– Je peux te prendre un verre d'eau, s'il te plaît ?

– Oui, oui, bien sûr. Assieds-toi, tu n'as vraiment pas l'air bien, je vais te chercher ça.

Marceau s'exécute. Ce n'est pas le fait que Blandine ne le croira jamais lorsqu'il expliquera qu'il a passé la nuit à faire la tournée des bars, en compagnie d'une jeune femme, sans rien faire de mal qui l'angoisse. Ce n'est pas non plus la scène qu'elle va lui faire, ni le monceau de reproches qu'il va encore se cogner. Non, c'est bien pire que ça. C'est tout. Tout l'ensemble. Toute sa vie.

Il se redresse et plonge sa tête entre ses mains. Du noir. De l'obscurité et du silence. A cet instant précis, c'est de ça dont il a envie. Juste de noir total. Que tout ça s'arrête.

– Tiens, lui tend Léopoldine un grand verre d'eau.

Il le saisit sans rien dire.

Elle prend place à ses côtés, recroqueville ses jambes immenses sous deux coussins et joue avec ses orteils.

– Ça s'appelle de la *paraphasie chronique*, balance-t-elle.

– Hein ?

– Un mot pour un autre, si tu préfères. Le mot dont tu me demandais de me souvenir, que j'ai lâché ce matin… Après mon accident, je ne savais plus parler. Enfin, ma tête parlait, les mots défilaient, s'y agglutinaient mais ne sortaient pas. Ou de manière complètement déstructurée. Avec le temps et une bonne méthode de classement, ça s'est pas mal arrangé mais parfois je ne maîtrise pas tout.

– Ah…

– Comme ça a l'air de vachement t'intéresser, ricane-t-elle, je peux t'expliquer ma méthode de classement, si tu veux…

Oui, il veut bien qu'elle lui parle d'autre chose que de sa laborieuse existence. Méthode, classement, c'est bien ça. C'est concret, mesurable, rassurant. Sans qu'il ne réponde, Léopoldine enchaîne.

– Attention c'est du costaud, j'te préviens. Je ne raconte pas ça à n'importe qui mais comme t'es physicien, tu devrais pouvoir suivre.

Il l'entend sourire et sent ses muscles se détendre un peu.

– D'abord, il y a les couleurs. Chaque mot a une couleur qui lui est spécifique. Ou plusieurs, ça dépend. Ça me permet de les ranger par catégories. Il y a les agréables, les désagréables, les utiles et les inutiles, les pollueurs, les fondamentaux, les cryptés, les aberrants, les inventés et les exceptions. Ça va du blanc au noir, tu te doutes, en passant par toute la gamme complète du pantone. Ensuite, il y a les formes, les motifs et les sensations. Parce que tu t'imagines bien que les couleurs, ça ne suffit pas pour classer tous les mots du Robert. Donc, il y a aussi les rayés, les à pois, les raturés, les damiers, les fantomatiques, les ovales, les triangulaires, les écliptiques, les rêches, les laineux, les piquants, les velours, les éclairs, les acides, les sucrés, les pimentés, les mentholés, les fuyants, les lourds, les brûlants, les givrés…

Marceau, qui a relevé la tête depuis le mot pantone, l'interroge.

– Et grâce à cette multi classification, tu t'en sors, c'est ça ?

– Oui, pas trop mal.

– Je comprends.

Ah bon ? Il comprend vraiment ? Elle avait essayé un jour d'expliquer ça à un de ses amoureux mais non seulement il n'avait rien compris mais en plus il l'avait traitée de tarée.

– Mais, la questionne Marceau, il n'y a pas de doublons ? Je veux dire quand un mot converge, quand il appartient à plusieurs catégories, qu'est-ce qu'il se passe ?

– Un micro bug. D'une fraction de seconde. Comme un écran noir. C'est là que les mots inappropriés en profitent pour s'échapper.

– Comme ce matin, commente Marceau.

– Certainement.

Cette conversation est très intéressante mais il ne parvient pas à se concentrer. Il regarde à nouveau son téléphone et soupire.

– Et toi ? Dis-moi ce qui ne va pas, le questionne-t-elle.

– Rien ne va pas, c'est ça le problème, se tord-il douloureusement le cou de gauche à droite, puis de droite à gauche.

– Le mec qui compte les jours avant son mariage, c'est soit parce qu'il est vraiment super pressé d'y être, soit qu'il a enclenché un compte à rebours genre bombe atomique. T'es dans quelle catégorie ?

– Spectateur.

– Ah ouais, là c'est la merde !

Ils se dévisagent longuement. Léopoldine le classe dans la catégorie grise et Marceau regarde sa vie se disloquer. A présent, il est 7h20 et rentrer lui devient impossible.

– Par contre, bizarrement, explique Léopoldine, à mon réveil, je parlais couramment espagnol. Sans aucun problème de mélange de mots ! On dit que je n'ai plus du tout la même voix qu'avant. J'ai même l'accent parfait. Les mystères du cerveau…

– Tu déconnes ?

– Non, non. Enfin, faut dire que j'étais étudiante à Madrid, je n'ai pas trop de mérite. Erasmus, droit international. Mais comme de ça non plus je ne m'en souviens pas, balance-t-elle les bras en l'air, il a bien fallu que je fasse autre chose !

– Et tu fais quoi ?

– Je suis *Voix*.

– Voix ?

– Oui, *Voix*. J'en fais ce que j'en veux alors, je m'en sers. Je peux aller des aigus les plus désagréables aux barytons les plus bas. Je fais des doublages, beaucoup de pubs radio et quelques pièces de théâtres radiophoniques. Ce n'est pas ce qui rapporte le plus mais c'est de loin ce que je préfère.

Quelle fille étrange… Elle ressemble à un oiseau, toute pelotonnée dans ses coussins. A une pie voleuse de bande dessinée pour enfants, très exactement. Il en est à cette réflexion quand son téléphone se met à sonner.

Son visage se crispe instantanément. La bombe est là, posée sur la table basse. Elle sonne et vibre. Ils s'immobilisent ensemble, en silence, et laissent les sonneries retentir dans le grand salon aux moulures de plâtre. Sept fois.

La bouche de Marceau n'a plus une goutte de salive. Il avale d'un trait son verre d'eau auquel il n'avait pas encore touché.

Il bascule. Il déborde. Il meurt.

– Je suis en train de basculer, il dit, toujours les yeux rivés sur le téléphone.

– Pourquoi ?

– Parce que je déborde, souffle-t-il. J'étouffe. J'ai l'impression qu'à part un platane, rien ne peut me sortir de là.

Le maudit téléphone se met à sonner de plus belle. Léopoldine tend son bras, l'attrape, l'éteint puis le repose.

– Ça doit être bizarre de déborder. J'aimerais bien savoir ce que ça fait, parce que moi, tu vois, mon principal souci, c'est que je suis vide. Complètement vide. Démesurément vide… soupire-t-elle.

Ils se fixent à nouveau.

Vide ? Etre vide ? Complètement vide… Oh comme ça doit être bien. Comme ça le reposerait, Marceau, de sentir du vide en lui. C'est ça qui lui plaît chez cette fille, ce vide… Oui, c'est ça qui l'a interpellé dès le début, ce petit quelque chose d'insaisissable, ce manque de cohérence, ce désordre visible. C'est ce vide !

Lui qui se noie dans les marécages de ses souvenirs, qui suffoque sous leur poids, qui meure un peu plus chaque jour d'avoir une mémoire infaillible justement. Qui crève de ne pas oublier. Qui croule sous la menace omniprésente d'un passé résurgent.

– Donc, si je résume : tu fais un taf dont tu as honte et tu vas épouser une gonzesse que tu n'aimes pas, clôt Léopoldine.

Et là, cette phrase de rien le lacère. Elle rentre dans ses veines et remonte jusqu'à son cœur à la vitesse du son. Elle le cingle, lui griffe l'esprit. A la réaction physique de Marceau, qui s'est relevé d'un bond, Léopoldine vérifie :

– C'est ce que tu m'as dit, non ?

Il ne l'a pas formulé en ces termes, il a parlé, c'est vrai, hier au restau, de son parcours, de son travail mieux payé mais ennuyeux, et du compte à rebours de son mariage… Mais… Mais… Mais oui, elle avait raison. Il se lève et se met à arpenter les lattes du parquet grinçant. Éthiquement, il se sent une vraie merde. Bosser pour ce labo pharmaceutique qui génère des milliards et qui laisse crever des gens volontairement pour répondre à une loi économique de marché… Et avec Blandine, c'est pire encore. Une sous-sous triple sous-merde, à toujours la fuir, esquiver les conflits, ramper pour avoir la paix, fermer sa gueule, se taper ses connards de beaux-parents fachos tous les vendredis et les vacances à La Baule, avec leur morale de merde, leurs valeurs de merde. Et leur fille de merde, castratrice, ordonnée, prévoyante, coincée, bourge de merde et sa Mini de merde ! Putain, mais oui, s'il continue comme ça, il va crever…. Il va tout bonnement s'asphyxier et mourir étouffé par toute cette chiure de vie. Il stoppe ses va-et-vient et regarde Léopoldine.

– Oui, dit-il seulement avec le poids du monde dans la voix. Oui, c'est ça.

– Tu sais que c'est mon anniversaire aujourd'hui ? Enfin, c'était hier, mais comme on s'est pas encore couchés, c'est un peu comme si on était toujours hier…

Il reprend sa litanie et sa marche. Et tous ces anniversaires de merde, ces fausses surprises où il fait semblant d'être surpris et où il se fait chier royalement depuis des lustres !

– Donc, j'ai sept ans aujourd'hui. T'y crois, toi, aux cycles des sept ans ? A tout ce qu'on en dit ? Le renouveau tout ça…

– Je ne crois pas à grand-chose, moi, tu sais…

– Parce que je me dis que c'est peut-être le moment…

Elle semble avoir fini par capter son attention. Il s'arrête et demande.

– Le moment de quoi ?

– D'aller prendre l'air.

Prendre l'air… C'est ce qu'il cherche à faire depuis des mois.

– De s'octroyer une petite respiration, complète-t-elle.

Une petite respiration, rien que la phrase l'apaise.

Il la répète : *Une petite respiration…*

– Tu pourrais m'accompagner, si tu veux. Tu m'apprendrais ce que c'est que déborder et je te montrerais ce qu'est le vide transidéral. Tu as quoi de prévu cet été ?

Marceau s'est figé et réfléchit à toute vitesse. Il voit le pare-chocs défoncé, la tronche pincée de son patron, le cul marbré de Blandine, la fenêtre de sa salle de bain, le père Bournezeau et sa soutane dégueulasse, sa mère endimanchée, son école communale et Léopoldine les mains devant sa bouche en train de rire aux éclats. Il lève les yeux vers la grande horloge en fer forgé au-dessus du canapé. 8h20.

– Ce que j'ai de prévu ? demande-t-il dans une sorte de gloussement narquois… Plus rien, je n'ai plus rien du tout de prévu.

– On a qu'à dire que c'est mon cadeau d'anniversaire.

– Ouais. On a qu'à dire ça. Bon anniversaire, Léo. Je peux t'appeler Léo, parce que Léopoldine, c'est vraiment trop long pour moi. Et puis, ça ne te va pas. Enfin, je trouve. Une fille vide ne peut pas porter un prénom aussi long, c'est grotesque. Ce n'est pas rationnel. Je vais t'expliquer tout un tas de trucs sur le vide et tu vas voir, c'est pas du tout ce que tu crois, le vide c'est plein. Plein d'atomes. Et surtout, c'est fécond. Ça n'a rien à voir avec le néant qui lui, par définition, est vide. Ça a l'air complexe comme ça, mais je suis certain que tu vas adorer. Une fille qui fonctionne en classification méthodique, en catégories de couleurs, de formes et de motifs ne peut que se passionner pour la physique quantique. Tu vas voir, c'est passionnant.

Elle rit. Elle rit tellement fort que ça lui fait mal aux oreilles, mais il trouve la douleur douce, presque réconfortante.

– Et moi, je peux continuer à t'appeler Marceau ? Parce que je trouve ça très beau et ça te va bien. Tu lui ressembles en plus. Beau et triste.

– Et je suis de quelle couleur ?

– Gris. Tu es tout gris ET fantomatique.

– Donc je provoque un bug ?

– *Kaléidoscope* ! s'écrie Léopoldine étincelante.

– C'est ça ! C'est ce mot là que tu as dit ce matin ! *Kaléidoscope* ! C'est un très joli mot… Il est de quelle couleur ?

– Il fait partie des exceptions, il est multicolore.

Multicolore, forcément… Question con.

Il va se pencher sur le sujet de sa méthode de classement. Il y a forcément des choses à améliorer. Tout est en mouvement permanent, en perpétuelle évolution, rien n'est figé. Il va lui expliquer le vide aussi. Et puis il va s'intéresser à ce problème de mémoire. Rien ne s'oublie jamais vraiment. C'est forcément là, quelque part. Il faut juste retrouver le chemin par lequel y accéder.

Rencontrer une pie voleuse actrice radiophonique de sept ans seulement, c'était inespéré. Il est certain de pouvoir l'aider. Sans le savoir, elle vient de lui sauver la vie, il lui doit bien ça.

CHAPITRE 6

Fugue à deux voix

Ils se sont donnés trois heures pour rassembler leurs affaires, conscients que la proposition doit être consommée dans la foulée, dans l'impulsion de la nuit et de ses confidences.

Marceau a envoyé un message à Blandine afin qu'elle ne s'inquiète pas. Il a seulement dit qu'il allait bien. Elle a répondu avec sa sécheresse caractéristique. Elle sera de retour à 13h et espère qu'il aura une explication solide à fournir.

Ça ne l'a pas angoissé plus que ça. L'explication n'aura pas lieu, il aura disparu avant. Il s'est rendu à l'appartement et a fait ses valises. Il a hésité longtemps devant la feuille blanche, le stylo à la main. Comment résumer sa décision ? Il a raturé plusieurs fois, froissé quatre pages puis a fini par écrire :

« *Je ne peux plus continuer ainsi. Je pars. Je suis désolé. Pour tout. Pour ta voiture, pour nous et pour nos projets. Marceau* »

Y avait-il réellement autre chose à ajouter ? Il a posé le constat rempli à côté de son mot expéditif, a déposé la clef de la Mini et celles de l'appartement puis la carte bleue de leur compte commun. Il a pris ses deux gros sacs et il est parti.

Dehors, déjà, l'air se faisait plus présent.

Léopoldine, de son côté, a descendu ses trois plantes chez la mamie du dessous, lui a laissé un double des clefs *au cas où* puis a empilé des vêtements choisis au hasard des couleurs dans un sac de voyage. Elle a appelé son agent. Elle s'est inventé un séjour en province quelques temps pour un problème familial et lui a ordonné d'annuler tous les castings à venir. Elle respectera ses engagements et les contrats en cours, bien entendu, mais elle ne souhaite postuler à aucun nouveau projet jusqu'à nouvel ordre. Evidemment, l'autre a braillé comme pas deux mais Léopoldine a coupé court.

D'elle aussi, il faudra qu'elle se débarrasse.

Il est 13h, elle est à présent sur le siège passager de sa Fiat à l'arrière enfoncé et Marceau roule en direction d'Honfleur. Ils ont décidé de la destination comme ils auraient pu décider d'une autre. Ce n'est pas très loin, ils y verraient la mer et mettraient leurs pieds nus dans le sable. A eux seuls, ces trois paramètres ont suffi à choisir le cap.

Marceau a coupé à nouveau son téléphone. Il n'a aucune envie de communiquer avec qui que ce soit. Il s'en va. Il est parti. Sa vie est déjà de l'histoire ancienne. Cette pensée est étrange car, à peine vingt-quatre heures plus tôt, aucune issue n'était envisageable.

Et à présent, l'en voilà sorti. Il ne ressent aucune culpabilité, aucun remords. Il est seulement désolé. Blandine va certainement lui en vouloir à mort. Et après ? Blandine est forte, stable, elle tient les rênes. Elle va rebondir en moins de deux, encore plus armée. Elle va bien faire un peu de grabuge au début, ameuter le monde entier, déverser sa rancœur à tout-va. Et alors ? Qu'est-ce que ça peut bien faire ? Trente-cinq ans que Marceau se plie aux désirs des autres. Une vie entière à se taire et à se courber aux exigences de chacun. A se contorsionner pour entrer parfaitement dans les moules. Pour être le gentil garçon d'une famille respectable, pour ne froisser personne, ne pas décevoir, être celui qu'on souhaite qu'il soit. Et pour quoi au final ? Pour mourir à petit feu ? Alors, tant pis. Tant pis s'il déçoit, choque, blesse, trahit. Tant pis. Tant pis s'il perd tout parce qu'à bien y réfléchir, il avait quoi ? Il n'avait rien…

Léopoldine s'endort le front contre la vitre.

Elle se sent apaisée. Elle est heureuse de faire ce voyage aux côtés de ce garçon torturé et malheureux. Elle aime bien les gens torturés parce qu'ils sont riches, il y a plein de choses en eux. Elle peut y fouiller et se remplir un peu.

Elle va se régaler avec Marceau, un vrai festin.

CHAPITRE 7

Travaux pratiques flous

A 15h, ils s'installent à la terrasse d'une brasserie, sur le port.

Le soleil perce entre les nuages et les mouettes planent, rieuses, au-dessus de leurs têtes.

Ils commandent une bouteille de Muscadet et un Vittel fraise. Marceau a faim et Léopoldine semble heureuse.

– Tu n'as personne à prévenir, toi ? demande Marceau.

– Non.

– Même pas des parents ?

– Non.

Elle sourit. Ses yeux ont la couleur du ciel et les cernes qui les soulignent lui confèrent une délicate fragilité.

– Mes parents vivent à Annecy, je ne les vois pas très souvent, ajoute-t-elle.

– Les miens vivent à La Rochelle, je ne les vois pas davantage.

– C'est pas plus mal, non ?

– Oui, ce n'est pas plus mal, acquiesce Marceau. Que font les tiens ?

– Mon père est neurochirurgien et ma mère boit. Je crois que c'est sa principale activité. Et les tiens ?

– Mon père était militaire et ma mère prie, je crois que c'est sa principale activité.

Léopoldine s'avance vers lui et questionne :

– Eprouve-t-on obligatoirement de l'amour pour ses parents ?

Marceau soupire.

– Je crois. Si ce n'est pas réellement de l'amour, on peut parler d'une forme d'attachement.

– Moi, je n'en éprouve pas, répond-elle. Ni amour, ni attachement, rien.

Donc, à chaque fois que cette fille ouvre la bouche, c'est pour balancer une grenade. Ok, il va s'y faire.

– Développe.

Léopoldine tente d'expliquer. Bien qu'elle n'ait pas grand-chose à ajouter, elle essaie. Elle ne partage aucune affinité avec ses parents. Elle trouve son père imbu, égocentrique et rabaissant, bref détestable. Quant à sa mère, elle la qualifie de faible, d'intolérante et d'amère. Elle gratifie leur relation de stérile, glaciale, pécuniaire. Peut-être des souvenirs en commun feraient toute la différence, mais voilà, elle n'en a aucun. Ce sont des étrangers qu'on lui a imposé à son réveil et qu'elle n'apprécie pas. D'ailleurs, elle n'est pas certaine qu'ils l'apprécient de leur côté. Ils subviennent largement à ses besoins comme pour se dédouaner mais ça s'arrête là.

– Je comprends, dit Marceau.

– Tu comprends toujours tout ? se met-elle à glousser.

– Je fais en sorte. Je suis un garçon intelligent et pas trop obtus. Tu as raison dans ce que tu dis, ce sont les souvenirs communs qui créent l'attachement.

En prononçant cette phrase, il se demande s'il aimerait ses parents s'il n'avait pas le moindre souvenir. Il sent la main réconfortante de sa mère sur son front fiévreux, revoit le regard fier de son père devant ses bulletins de notes. Il entend chanter ses sœurs dans le jardin sous le cerisier et songe aux sempiternelles chamailleries avec son grand-frère pour les petits soldats… Sûrement oui, mais il ne peut en être absolument certain. Le postulat est faussé.

Les épaules de Léopoldine se sont affaissées, elle observe les gens tout autour. Son regard passe de table en table et se fait de plus en plus triste.

– Raconte-moi ce que ça fait d'avoir la tête pleine de souvenirs… invite-t-elle Marceau.

– Vaste question ! Que veux-tu savoir au juste ?

– Ben là, par exemple, quand tu regardes autour de toi, tu penses quoi ? Quand on est arrivés, quand on s'est assis, quand on a commandé. Vas-y raconte, raconte tout ce qui t'est passé par la tête.

Marceau boit une gorgée de Muscadet, s'allume une cigarette et débute :

– Quand nous sommes arrivés, j'ai tout de suite pensé à ma grand-mère paternelle à cause de l'odeur d'ail et de vin blanc qui se dégageait des moules de la table voisine. J'ai eu une bouffée d'amour et ça m'a fait du bien, parce que je l'adorais cette grand-mère. Ensuite, je n'ai pas aimé l'endroit où la serveuse, que j'ai trouvé plutôt jolie bien qu'assez vulgaire, nous plaçait. J'allais me retrouver coincé entre la baie vitrée et la plante et que justement, je ne voulais plus, mais alors plus du tout, me sentir coincé dans cette vie. Une douleur a alors immédiatement enserré mes bras et ça m'a contrarié. Puis le chien a aboyé et ça m'a fait sursauter, j'ai regardé dans sa direction pour voir à quoi il ressemblait parce que depuis tout môme, j'adore les chiens. Je n'en ai jamais eus parce que ma mère disait que ça perd trop de poils, mon père trouvait qu'on était déjà bien assez nombreux et Blandine trouve que ça pue.

– Ça pue pas ! *Consortium* ! N'importe quoi !

– *Consortium* ? Vas-y, dis… Quelles catégories se sont télescopées ?

– Le mot *Chien* : catégorie beige car agréable et flou car doux. Mais laisse, on s'en fout, raconte encore, c'est bien. J'adore tout ce que tu dis, ça doit être génialement agréable de pouvoir avoir accès à tout ça.

– Oui et non en fait. Le problème, c'est que ça ne fait pas que ressurgir des souvenirs, ça fait renaître des émotions, des sensations. Donc, quand ce à quoi tu es confronté dans le présent se rapporte à des souvenirs positifs, c'est agréable effectivement, mais quand c'est lié à des faits répertoriés *négatifs*, ça te replonge dans un truc nauséabond et anxiogène. Comme un collet bien ficelé, une condamnation à perpétuité.

Léopoldine réfléchit à ce qu'il vient d'exprimer. En sept ans, elle s'est constituée des souvenirs, mais aucun n'est suffisamment désagréable pour la plonger dans le type d'état qu'il vient de décrire.

– Tu parles de quel genre de souvenirs négatifs ? cherche-t-elle à comprendre.

Cette question, c'est visible, incommode Marceau. Il se tortille sur sa chaise et se gratte le cou. Il se ressert du vin et propose :

– À toi !

– À moi quoi ?

– À toi de raconter ce que tu as ressenti en t'installant ici.

– Ben ça va être vite torché. J'ai vu qu'il y avait de la place, j'étais contente parce qu'on avait vue sur la mer. J'ai trouvé la serveuse sympa, et c'est vrai un peu pétasse. Et puis j'ai entendu le chien moi aussi et j'ai pensé à un cinéma et à une charcuterie.

Effectivement, comparé à lui, c'était maigre.

– Pourquoi tu as pensé à un cinéma et à une charcuterie ?

– Je ne sais pas.

– On sait toujours, jeune fille. Il suffit de chercher.

– Non, je ne sais pas, ça m'est venu comme ça.

– Tu as fait de la rééduc pour ta mémoire ?

– Mon père est neurochirurgien, je t'ai dit, s'énerve-t-elle soudain.

– Pourquoi elle te fâche ma question ?

– Elle ne me fâche pas, c'est juste qu'elle est con. Bien sûr que j'ai essayé, j'ai tout essayé. Et si je te dis que je ne sais pas, c'est que je ne sais pas.

– Ok… J'entends. Excuse-moi.

C'est le moment que le serveur choisit pour apporter les huîtres et Léopoldine retrouve instantanément sa bonne humeur. Marceau la regarde battre des mains de contentement. C'est vrai qu'à sept ans, on n'est encore qu'une enfant…

Ok, il abdique pour cette fois, mais il ne la croit pas. On sait toujours. On sait toujours tout. Il faut juste faire l'effort de s'en souvenir.

Marceau sait que malheureusement, rien ne s'oublie jamais vraiment.

CHAPITRE 8

Le château de sable

Marceau s'est assoupi sur le sable, le sac à main en toile et paillettes de Léopoldine en guise d'oreiller. Le vent tiède l'a bercé un moment, ses yeux ont suivi la course des nuages puis le sommeil l'a enveloppé dans une douce mansuétude.

Léopoldine, elle, joue. Elle a retroussé le bas de son jean et s'applique à l'édification d'un château fort géant. Une tour de guet centrale, quatre donjons et de larges douves qui menacent déjà de s'effondrer. Elle tente de coincer un bout de bois flotté à l'entrée principale qui fera office de pont-levis. Un petit blondinet, au slip de bain bleu, se charge de la décoration. Il ramène cailloux, coquillages et algues dans un seau, dans une cavalcade effrénée entre l'eau et la plage. Ils se sont à peine parlés, juste pour décider de l'endroit de la tour principale. La collaboration est naturelle, propre au monde de l'enfance. A une vingtaine de mètres, la mère surveille la singularité de la scène.

Léopoldine aime la compagnie des enfants. Tout y est simplifié. Leurs questions sont basiques et leurs attitudes claires. Ils prennent et n'attendent rien. Ça l'arrange car d'ordinaire, elle ne sait jamais quoi donner aux gens. Elle ne décèle pas leurs attentes, ni ces codes, ces milliers de signaux que les adultes envoient sans cesse et qui demeurent pour elle un mystère. Dans le monde des grands, elle se sent en terre étrangère. Elle n'en connaît ni la culture, ni la langue. Se retrouver avec ces petits êtres est une trêve, un repos mental qui lui permet de souffler et de baisser sa garde. Car, malgré son apparence décontractée et désinvolte, vivre sans histoire est un combat permanent. C'est marcher sur un sol meuble sans rampe sur laquelle s'appuyer. Et même si les quelques années traversées ainsi lui ont permis de se constituer une base de données, il n'en demeure pas moins qu'une vigilance de chaque instant est de mise. Mais cela, elle ne le dit pas. A personne.

Marceau se réveille et s'étire doucement. Tout son corps n'est qu'une douloureuse courbature. Où est-il ? Quels sont ces cris qu'il entend ? Il s'assied et regarde autour de lui. La plage, la mer. Honfleur, c'est vrai… Tout se remet en place progressivement. L'accident, Léopoldine, le constat, le bar, les bars, Blandine, le mot d'adieu, la fuite. Une sensation désagréable le terrasse. N'a-t-il pas fait une connerie ? Peut-on revenir en arrière ? Quelles vont être les conséquences ? Une peur vertigineuse s'abat sur lui. Un goût de mort envahit sa bouche. Une amertume lourde et grasse, puis un sentiment épouvantable de solitude ingérable. Il inspire profondément puis expire dans un tremblement non contenu. Léo ! Où est Léo ? Il balaye les alentours. Et si elle était partie ? Il se lève avec précipitation. Sa tête se met à tourner. Un voile jaunâtre l'empêche de voir convenablement. Et si elle l'avait laissé seul sur cette plage ? Quelque chose de strident lui épine le cœur. Une blessure que l'on triture, que l'on égratigne à nouveau. Pourquoi ? Pourquoi cette crainte soudaine d'être seul ? Lui qui l'est depuis toujours. Il tente de calmer sa respiration, s'oblige à reprendre le contrôle, scrute méthodiquement la plage et l'aperçoit enfin.

Elle est à genoux au bord de l'eau, occupée à faire des pâtés avec un marmot d'à peine dix ans… Elle rit. Elle joue. Elle rayonne. Surtout, elle est là.

Il soupire de soulagement. Son sang irrigue à nouveau ses tempes. Oui, il a bien fait. Bien sûr qu'il a bien fait. Il la regarde tapoter le sable. Elle pose des trucs çà et là, rajoute une pelletée, ratisse et bataille avec le môme. C'est complètement dingue, l'histoire de cette fille. Elle a l'air si seule, elle aussi. Tellement à part du monde. Et pourtant, elle porte en elle une légèreté qu'il n'a jamais ressentie nulle part. Une force claire, désarmante, saine. Elles sont bien rares les choses saines dans ce monde… Léo, qui a abandonné son château, trépigne à présent dans l'écume. La moitié de son pantalon est trempé. Elle fait de grands gestes avec ses bras et avec ses jambes. Malgré les soixante mètres qui les séparent, il peut entendre son rire. Son rire démesuré, si singulier. C'est de la pureté qui se dégage d'elle. C'est le mot exact. Une petite pierre translucide qui se balade en chaos dans un écrin trop grand.

A son tour, Léo semble à nouveau se préoccuper de Marceau. Son regard croise le sien. Elle entoure sa bouche de ses longues mains et lui crie : « Viens ! ». Marceau fait signe de l'index que non, croise ses bras sur son torse et suit des yeux la course désordonnée qui la ramène jusqu'à lui. Essoufflée, les joues rosies, elle lui attrape le bras et insiste :

– Allez, viens, on va se baigner ! Elle est super bonne !

– C'est la Manche, Léo ! La Manche n'est jamais *bonne*, elle est toujours gelée.

– On s'en fout ! On n'a qu'à décider qu'elle est bonne et elle le sera !

– Ça marche comme ça chez toi ? dodeline-t-il.

– Allez, dessape-toi, rabat-joie !

– Tu sais que t'es casse-couille ?

Mais elle s'en fout la casse-couille, elle, ce qu'elle veut c'est aller courir dans les vagues mêmes glacées. Elle balance son jean à terre et fait voler son débardeur blanc. Et elle se plante là, les deux poings sur les hanches, en sous-vêtements lycra à grosses fleurs jaunes et rouges. Elle a une allure d'adolescente. Sèche et longue.

De frêles épaules, des hanches inexistantes et le ventre bétonné.

– J'attends ! insiste-t-elle.

– Tu peux attendre aussi longtemps que tu veux, c'est hors de question. En plus, j'ai horreur de l'eau. Allez, fous-moi le camp !

Alors, elle tourne les talons, un large mouvement de main bat l'air et elle se met à courir jusqu'à l'eau le plus vite possible. Elle ne ralentit pas lorsque ses pieds entre en contact avec le froid, poursuit sa course jusqu'à la taille et disparaît dans un plongeon. *Une enfant dans un corps d'adulte*, songe Marceau. Comme cela doit être compliqué à vivre. Il s'assoit à nouveau sans la quitter des yeux. Elle doit se sentir en décalage permanent. Pas à sa place. Sans place.

Pour lui, ça a été l'inverse. Il s'est vite senti adulte. Adulte dans un corps d'enfant. Et il n'y avait rien de pur du tout. Il ferme les paupières et offre son visage aux rayons du soleil. Il s'y réchauffe.

Ils vont dormir là ce soir, ils sont bien. Ils vont prendre une chambre face à la mer pour entendre le bruit des vagues.

Demain, ils verront.

CHAPITRE 9

Chambre musicale

Ils ne se sont pas posé la question, ils n'ont pris qu'une chambre. Vue mer, baignoire et lits séparés. Lorsqu'ils ont pénétré dans la chambre numéro 12, Léo s'est ruée à la fenêtre et l'a ouverte en grand. *De l'air*, a-t-elle déclamé. Marceau, lui, a posé son sac sur le lino imitation parquet et a détaillé la pièce. Il aime ces chambres à la décoration désuète. Ce mobilier d'un autre âge et ces lampes de chevet à franges mordorées. Il s'y sent bien, comme rassuré. Il regarde sa montre, il est 19h10. Ces deux derniers jours ont été si riches en événements et si pauvres en heures de sommeil… Il se sent épuisé. Il s'effondre sur le couvre-lit blanc cassé et attrape machinalement la télécommande. Léopoldine, le nez au vent, propose :

– On va se chercher des sandwichs et on se regarde un film comme des petits vieux ? J'suis morte…

Elle se retourne et interroge Marceau du regard visiblement soulagé à l'évocation de cette idée. Il allume la télévision et fait défiler les chaînes sans son. Léo se campe au milieu de la pièce et réfléchit la bouche de travers. Marceau trifouille tous les boutons. Le volume ne fonctionne pas, il cherche à comprendre pourquoi.

– Alors, je veux : un américain géantissime avec du fromage, du ketchup et des frites très très grasses, annonce-t-elle d'un ton surréaliste.

Marceau frappe la télécommande sur sa cuisse. Par trois fois. *Ah, voilà, ça marche !*

– Et demain, on pourrait faire du char à voile, ajoute Léo, qu'en penses-tu ? Ça a l'air super chouette !

Le volume se met à augmenter sans s'arrêter. C'est un opéra classique qui passe sur Arte.

– *Apostrologie* ! Mais baisse, t'es malade !

Marceau, affolé, bondit vers l'écran en appuyant de toutes ses forces sur le bouton *moins*, sans succès. Le chant aigu d'un homme vêtu de noir envahit tout l'espace jusqu'à leur vriller les oreilles.

– Débranche ! *Composeïdum* ! Débranche !

Marceau grimpe sur la chaise pour atteindre la prise et l'arrache du mur.

Silence. Ils partent dans un rire nerveux prépubère.

– Bon, ben pour le film, on va peut-être oublier, ricane Léo.

Marceau, toujours sur son promontoire, l'interroge :

– *Apostrologie*… ?

– *Voile*, j'imagine. Blanc et quadrillé, rapport au tissu.

– Et *Composeïdum* ?

– Oh, écoute Marceau, tu ne vas pas tous les notifier ! T'es pas au bout de tes peines sinon…

Marceau descend et fouille avec empressement dans son sac.

– Si, justement, en sort-il un stylo et un calepin. Et je vais les noter. Tous ! Ça a forcément un sens. Ton fonctionnement est très organisé, ce n'est pas possible que ces mots arrivent par hasard.

Léo soupire si fort que ses lèvres laissent échapper un roulement de tambour. Quel type bizarre ! C'est le genre de truc qui doit amuser les physiciens… Ça va l'occuper un moment ! Sept ans qu'elle cherche, elle, et toujours rien.

– Bon, on fait quoi alors ? demande-t-elle.

– Ce qu'on a dit, je répare cette foutue télé pendant que tu vas nous chercher deux Américains.

– T'es pas têtu, toi ? le dissèque-t-elle.

– Je n'aime pas ne pas comprendre, c'est tout !

Pendant que Marceau grimpe à nouveau sur sa chaise et enfonce à nouveau la prise, Léo enfile sa veste en jean. Elle s'apprête à ouvrir la bouche pour lui demander la sauce qu'il souhaite lorsqu'il appuie sur le bouton rouge de la télécommande. La télé se remet à brailler instantanément avec toujours ce même programme lyrique et cette voix de castrat qui s'immisce sans retenue jusqu'au tréfonds de leurs tympans.

– *Apoplexie ! Erratum ! Vivarium !*

Marceau débranche immédiatement. Il dévisage Léo, figée dans l'entrée. Cette fois, il peut lire de la peur dans son regard.

– C'est pas la voile, Léo. C'est la musique.

– Quoi ?

– Tes bugs, ils ne sont pas dus à une double classification. C'est autre chose, bien plus complexe que tu ne le crois. Là, clairement, c'est la musique le déclencheur.

– Mais qu'est-ce que tu racontes ? balance-t-elle, ses iris translucides au plafond.

Marceau hésite. Il ne désire pas l'effrayer mais est trop tenté par l'expérience. Il rebranche et appuie sur le bouton *On* de la télécommande. Et la musique se met à nouveau à envahir la pièce. Léopoldine porte ses mains à ses oreilles, ferme les yeux et entame une litanie incompréhensible : *Onomatopée, apocalypsis, maelstrom…*

Marceau abrège l'expérience. Léopoldine a le souffle court. Dans ses yeux, mille questions.

– Remets ! ordonne-t-elle.

– Non, c'est bon, on a vu.

– Marceau, remets, j'te dis !

Il n'y a pas de place pour un quelconque choix dans sa phrase, alors il obéit. Même scénario : musique, logorrhée. Il interrompt la vérification au bout de trois secondes.

– Encore ! exige-t-elle.

– Non, Léo, ça suffit ! hausse-t-il la voix.

Léopoldine est abasourdie. Elle se met à arpenter la pièce de long en large. Marceau ne sait pas quoi dire. Une empathie poisseuse vient lui dégouliner dessus. Il suit sa marche anxieuse et lui trouve une ressemblance certaine avec Olive, la femme de Popeye. De hautes jambes, de grandes enjambées, un corps démesurément long, la tête courbée et ce côté paumé, étonné. Oui, il éprouve une grande compassion pour cet être amputé, contraint de cohabiter avec une étrangère dans son propre corps. Comme cela doit être terrifiant. Il songe à la dualité qu'abrite tout un chacun, il connaît la sienne, sait ses côtés sombres qu'il tait et dissimule. Mais elle, elle justement ne connaît pas son autre. C'est l'inconnu, le trou noir, le rien.

Elle s'arrête net, lève le menton vers lui, son regard est empli de larmes. Elle sourit.

– Explique-moi… Explique-moi…

Marceau descend enfin de sa chaise et la rejoint sur le bord du lit sur lequel elle vient de se laisser choir.

– Je ne peux pas t'expliquer tout de suite. Mais on va chercher et on va trouver. Et on va tout noter. On va aller acheter un cahier spécialement pour ça et on va tout, TOUT inscrire. Même ce qui nous semble sans importance. D'accord ?

Suspendue à ses lèvres, elle acquiesce exagérément de la tête.

– Et on croisera les données. Si tu réagis ainsi à la musique, cela doit fonctionner avec d'autres choses. Nous allons chercher.

Marceau réfléchit. Il a le sentiment d'avoir laissé filer un autre détail, un indice plus tôt dans la journée sur lequel il ne s'est pas arrêté. C'est ce qu'il nomme ses *pressentiments*. Selon lui, un pressentiment est quelque chose qui a titillé un coin de notre cerveau, un fait inhabituel qui est passé inaperçu mais que notre inconscient, lui, a remarqué et dont il se souvient. C'est rangé quelque part. Il cherche.

Un vent d'espoir envahit le cœur de Léopoldine. Une nouvelle direction à explorer…

Elle se souvient des exercices que son père la forçait à faire l'année qui a suivi l'accident. Ces exercices qu'elle jugeait fastidieux et inutiles. Et toutes ces lectures qu'il l'avait obligée à ingurgiter. *Pour que le savoir revienne, que la connaissance des choses réapparaisse*, disait-il. Et rien n'était revenu. Elle n'avait pas aimé travailler avec son père. Il était austère et ennuyeux. Pire encore, elle ne se sentait pas en confiance. Elle redoutait ces séances de rééducation, elle détestait l'atmosphère qui régnait dans son bureau. Elle n'aimait pas l'odeur, ni la lumière. Elle exécrait sa voix et le ton avec lequel il s'adressait à elle. Sans relâche, il la faisait travailler. Il avait pris un congé pour cela. Il s'était engagé auprès du corps médical qui lui avait pourtant fortement déconseillé de prendre en charge sa rééducation. Son propre père… Mais personne ne s'opposait à lui. Son statut et sa position sociale était bien trop influents dans la région pour que quiconque se permette cette maladresse fatale. Alors, il s'en était chargé. Du matin au soir, tous les jours de la semaine. Pendant une année. 365 jours d'exercices censés l'aider à retrouver sa mémoire perdue, des kilomètres de données à engloutir et à digérer. Sans le moindre succès. Rien de rien. Régulièrement, cet éminent médecin faisait part de son incompréhension à sa fille. Et de sa déception. L'accusant même, dans de glaciales colères circonscrites, de le faire exprès, d'être la seule responsable de cet échec flagrant. Léopoldine ne saurait dire pourquoi mais il y avait dans la démarche de son père quelque chose qui sonnait faux. Il y mettait tant d'application mais avec une telle froideur… qu'elle se sentait mal à l'aise. Tout la mettait mal à l'aise chez cet homme. Avec Marceau, c'est différent. Il semble lui porter un véritable intérêt. Elle sent dans ses propos et dans son attitude une réelle bienveillance. Une forme d'attachement. Ce qui est somme toute déstabilisant. Ils ne se connaissent que depuis quelques heures mais déjà quelque chose de sincère les unit. Et cette idée lui fait du bien car jamais personne ne s'attache jamais à elle. Ce qu'elle comprend. Elle n'a rien à offrir, elle est vide. Toutes ses relations démarrent sur des chapeaux de roues car elle est pétillante, farfelue, expressive et puis ça s'essouffle aussi sec. Elle, elle éprouve des sentiments presque simultanés mais la réciprocité n'opère pas. Elle le sent d'emblée. Au bout de quelques heures. Une poignée généralement. Mais elle se ment, elle nie, elle fait semblant de ne pas avoir vu… Et les gens désertent sa vie. Immanquablement. Mais là, c'est différent. Marceau est différent. Il a tout quitté pour la suivre et il veut *travailler* avec elle. Alors oui, bien sûr qu'elle va travailler. Elle va faire tout ce qu'il veut parce que pour la première fois de sa toute jeune existence, elle ne se sent plus seule. Et elle a l'impression qu'elle pourrait tuer pour ne pas perdre cette sensationnelle nouvelle sensation.

– Le chien ! bondit Marceau.

– Hein ? Quoi le chien ? sursaute Léo.

– Qu'est-ce que t'as dit à propos du chien ce midi au resto ?

– Je sais plus… Que j'aimais les chiens, je crois.

– Oh, Léo, non, grogne Marceau, concentre-toi, il va falloir être plus précise ! Tu as dit un mot inapproprié parce que c'était doux et blanc mais t'as dit autre chose.

– Que ça puait pas, rapport à ta Blandine.

– Oui ! C'est ça ! Et tu as parlé d'un cinéma et d'une charcuterie. Pourquoi ?

– Ça, j'en sais fichtre rien.

– Léo, bon sang ! Le verbe *savoir*, du latin *sapere*, *avoir du discernement* au sens littéral, appartient au domaine de la connaissance. Pas à celui de l'introspection. Alors, on bannit cette réponse définitivement. Lève la main droite et répète après moi : *Je ne prononcerai plus jamais* « je ne sais pas » *cette phrase stupide et totalement vide de sens, faite pour les êtres dénués de capacité de réflexion.*

– T'en as de bonnes ! C'est toute ma vie de ne pas savoir…

– Eh bien, c'est terminé. C'est fini ce temps-là. Je déclare officiellement, dans cette chambre de bord de mer, en ce samedi dix-huit juin de l'an 2016, le début de la révolution intérieure de Mademoiselle Léopoldine Fontaine et de la réappropriation de ses souvenirs.

Léo, amusée et conquise, se lève, présente sa paume droite à Marceau et se met à jurer solennellement.

– Vous pouvez vous rasseoir, jeune fille. Alors, je vous écoute. Dites en vrac tout ce qui vous passe par la tête ?

– Tout ce qui me passe par la tête ?

– Absolument tout. Essaie de te souvenir du moment. Nous étions sur la terrasse, il y avait le soleil, tu as entendu le chien et…

– Et j'ai pensé à un ciné et une charcuterie, oui, c'est ça. C'était plus une sensation que des images. C'était diffus. J'ai pensé au hall avant d'entrer dans les salles, tu sais la grosse moquette rouge à arabesques sous tes pieds et le comptoir où tu te ruines en bonbons ? Et puis la charcuterie, j'ai vu un carrelage art déco et j'ai senti la panure des trucs dégueu en vitrine, j'ai horreur de cette odeur. C'est bien ?

– Comment ça, c’est bien ? cherche-t-il à comprendre le sens de la question.

– C’est ce que tu veux savoir ? demande-t-elle inquiète.

– Eh… Déstresse, il n’y a pas de bonnes ou de mauvaises réponses. C’est une collaboration. On cherche ensemble. On est tous les deux. Alors oui, c’est très bien, poursuis… De quelle odeur parles-tu ?

– L’odeur de charcut’ rance ! Par contre j’adore celle du saucisson. Pas toi ?

– T’éparpille pas, la recadre-t-il. C’est une odeur ce à quoi tu as songé et pas au lieu en lui-même, c’est ça ?

– Oui je crois…

– Et le ciné alors, le comptoir à bonbecs, qu’est-ce que tu y sens ? Ferme-les yeux et concentre-toi.

Léo prend une profonde inspiration, abaisse ses paupières et foule mentalement le hall du cinéma.

– Du pop-corn ! hurle-t-elle. C’est l’odeur du pop-corn. Oh, Marceau tu as raison, c’est ça !

Puis, en un éclair, toute son excitation fait place à un profond abattement.

– Et qu’est-ce qu’on fait de ça maintenant ? demande-t-elle les épaules basses. On a un clébard, du sauc’bac et un cornet de pop-corn, ça nous fait une belle jambe…

– On va trouver ! assure Marceau. Bon, tu viens ?

– Où ça ? On va où ?

– On va chercher un chien.
– Sérieux ? T’es dingue…

Oh oui, il est bien dingue ce type, et elle l’adore. C’est la plus belle rencontre qu’elle n’ait jamais faite. Le plus beau téléscopage.

En dévalant les marches, elle se fait la réflexion suivante : dans sa vie, elle a eu deux accidents. Un qui lui a tout pris et l’autre qui va tout lui rendre. Elle en est certaine.

CHAPITRE 10

Changement de cap orangé

Le test chien n'a pas été probant. Ils en ont croisés une bonne douzaine sans qu'il ne se passe rien. Sur les conseils de Marceau, Léo a même sympathisé avec plusieurs d'entre eux : rien de rien. Sa déception a été palpable, celle de Marceau mieux dissimulée. La soirée s'est achevée en tailleur sur leurs lits respectifs, un kebab à la main faute d'américain. Ils n'ont pas retenté l'expérience télé et ont parlé de choses et d'autres. Léo a voulu en savoir davantage sur la relation de Marceau avec Blandine. Il a refusé. Il a proposé un pacte : ensemble, ils se concentrent sur le passé de Léo afin de lui permettre d'envisager un avenir mais en ce qui le concerne, ils se canalisent sur le présent. Uniquement le présent, éventuellement le futur mais jamais ils n'évoqueront son passé. Ça avait l'air important alors pour le rassurer, elle a fait semblant d'accepter. Elle a dit « Ça me va » sans en penser un traître mot. Les histoires des autres, c'est ce qui la fascinent le plus dans l'existence, alors bien sûr qu'elle va s'y intéresser. Plutôt deux fois qu'une.

Léo a souhaité dormir la lumière allumée. Marceau a cédé sans spécifier que lui aussi haïssait le noir. La chambre s'est faite silence et juste avant de glisser dans le sommeil, d'une faible voix, elle lui a fait promettre de ne pas l'abandonner. Il a promis. Il a réfléchi longtemps dans l'opalescence du plafond. Pour la première fois, il s'est senti avoir de l'importance. Etre au centre du monde de quelqu'un, en être le pilier. Une force nouvelle, inconnue, s'est immiscée en lui. Marceau se sait faible. Faible, fragile, friable. Pour pallier, il affiche un visage austère et une attitude fermée. Non flexible. Il fait en sorte de ne jamais se perdre en bavardage. Il a remarqué que les gens anxieux se répandent souvent en mots. Un flot censé diluer mais qui, au final, trahit. Il aurait bien aimé lui demander de promettre à elle aussi. Mais il n'a pas osé. Il a jugé cela *inapproprié*. Si Léo le juge solide, si sa seule présence la tranquillise, faire une telle demande l'aurait décrédibilisé. Pourtant… Il se demande lequel des deux a le plus besoin de l'autre. Auprès d'elle, il se sent lui-même. Il n'éprouve pas cet habituel mal à l'aise à la proximité physique. Elle ne lui fait pas peur comme les autres. Ce que Marceau sait depuis plusieurs années mais qu'il tait au monde, c'est qu'il est agoraphobe. Il ne s'agit pas une forme sévère mais cependant présente. Sa vie n'est qu'une succession d'évitements ou d'anticipations, selon son degré de fatigue et d'anxiété. Il n'a jamais partagé ce trouble avec personne car cela le rendrait encore plus vulnérable. Alors, il l'étouffe, le bâillonne. Comme tout le reste. Tout est cadenassé en lui, condensé, enfoui. C'est comme cela qu'il s'en sort et parvient à gérer son histoire, ses angoisses et ses animosités. Il n'a pas trouvé d'autre issue. Cette fuite est le premier entrebâillement. C'est sur cette apaisante idée qu'enfin il trouve le sommeil.

Ils sont restés sept jours dans la chambre 12. Léo a continué ses châteaux forts et Marceau s'est attelé à ses recherches. Il a commencé par la base : le fonctionnement du cerveau humain. Le sujet est d'autant plus passionnant qu'il est vaste. Il a tout passé en revue : l'organe en lui-même, son anatomie et son métabolisme, son développement, ses fonctions avec ses différents systèmes (les neurotransmissions, les sensoriels, les moteurs et ceux d'éveil) et mêmes les recherches scientifiques en cours. Il a ensuite exploré le thème de la mémoire. La mémoire biologique tout d'abord, constituée à ce jour que d'hypothèses plus ou moins élaborées puis la mémoire psychologique plus que complexe. C'est ce dernier sujet qui lui a pris le plus de temps. Il en connaît les grandes lignes pour les avoir étudiées à l'université mais il a souhaité approfondir. Il s'est perdu dans les différents modèles, celui de Baddeley[1] tout d'abord, le

---

[1] [1] Psychologue britannique (1934) proposant un nouveau modèle, celui de la Mémoire de travail.

précurseur dans le genre. Puis celui de Cowan[2] et enfin celui de Tulving[3]. Ensuite, il s'est cogné les approches unitaires, la méta-mémoire, l'approche psychanalytique et la psychopathologie avec tous ses troubles mnésiques organiques. Enfin, il s'est attaqué à l'amnésie. Les différents types, les causes, les traitements. Il s'est attaché plus spécifiquement au diagnostic puis à la rééducation. Il a téléchargé de nombreux tests afin de tenter d'établir un bilan factuel sur les déficits et les fonctions préservées de sa patiente. Tous les spécialistes sont unanimes sur le sujet : chaque travail de rétablissement doit impérativement débuter par cet inventaire à partir duquel il convient ensuite d'établir un programme rééducatif adapté. Chaque cas est unique et il n'existe pas de méthode miracle. Il s'en doute mais avec l'épisode de la musique classique et celui des odeurs, il a une intuition. Il sent que c'est le début de quelque chose. Une faille dans le barrage du cerveau de Léo.

Au septième soir, en refermant son ordinateur, il a annoncé à Léo : « C'est bon, je suis prêt, on peut vraiment commencer le travail maintenant ! ». Ce à quoi Léopoldine a rétorqué :

---

[2] Cowan (1988) propose un modèle alternatif du traitement de l'information en s'appuyant sur une représentation globale du décours dynamique des transformations de l'information contrairement à Baddeley qui lui, privilégie une représentation structurelle en termes de stocks.

[3] Tulving distingue cinq systèmes de mémoire organisés de façon hiérarchique, à la fois en termes d'origine phylogénétique et en termes de prépondérance au sein du système cognitif.

– D'accord, mais on met les voiles, j'en peux plus de la Normandie, on va travailler au soleil !

Ils ont décidé de quel soleil, ont fait leurs valises, ont programmé le réveil à l'aube le lendemain et ils ont repris la route.

Ils sont rapidement tombés dans le flot des juilletistes et pour occuper le temps, Marceau a proposé de commencer les tests. Léo a alors pris le volant et lui, s'est chargé de poser les questions et de noter les réponses dans le cahier tout neuf.

Tendue au début, Léo s'est rapidement prise au jeu et a répondu avec un certain amusement. Elle s'en est même étonnée.

– Mon père aussi m'a fait passer une batterie de tests tous plus farfelus les uns que les autres, il y a sept ans, mais ça n'avait rien à voir avec ça.

– Comment ça ? C'était quel genre ? s'étonne Marceau.

– Du genre inutile et chiant.

– Léo… Un petit effort, s'il te plaît.

– Ben, je sais p… Pardon, excuse. Disons que c'était différent. Des interminables QCM portés sur la culture G. Il y avait des images aussi, des tableaux de peintres connus…

– Des QCM ? De culture G ? T'es sûre que tu t'en souviens bien ?

– Oh ça va ! Je suis diagnostiquée *amnésique rétrograde* ! se fâche-t-elle. Je ne me souviens pas d'avant seulement. D'après, j'ai tout. Très en détails même. Vas-y, pose-moi n'importe quelle question pour vérifier !

Marceau la regarde longuement. Elle a une forte tendance à se mettre en colère, à changer rapidement d'humeur aussi. Il le note dans son cahier, tout à la fin, sur une page qu'il intitule *Divers*.

– Tu as toujours été comme ça ? lui demande-t-il. Même enfant, je veux dire, à monter dans les tours à la première contrariété ? Tes parents, ils t'ont dit quoi sur toi ? Sur ton caractère, ton comportement, tes goûts ?

– Je n'aime pas qu'on me croie pas, c'est tout. Ce que je dis est toujours vrai. J'suis pas équipée pour mentir. C'est comme ça.

– Je m'en souviendrai. Je ne douterai plus, promis.

Un vague *Ouais* roule dans sa bouche traduisant son scepticisme. Elle attend encore une poignée de secondes pour se débarrasser de son énervement et reprend :

– Il paraît que j'étais timide, réservée, sage, polie, appliquée et première de la classe. La bonne petite fille modèle de la bourgeoisie provinciale, tu vois le genre ?

Son rire claquant d'ironie arrache un sursaut à Marceau. Il l'observe à nouveau. Son profil hiératique, ses cheveux corbeau, sa frange stricte, ses commissures démesurées. Son irritation est palpable. En quoi un portrait semblable est-il irritant ?

– Pourquoi ça t'énerve ?

– Parce que je ne me reconnais en rien là-dedans. Je me sens tout le contraire. Et je ne comprends pas.

– Tu ne comprends pas quoi ? cherche-t-il à approfondir.

– Pourquoi je sais toujours nager, faire du vélo, écrire, faire des brownies, sauter des crêpes, me maquiller, jouer du piano mais pourquoi je ne sais plus être moi-même.

– J'ai lu quelque part, cette semaine, qu'il y avait des cas de changement radical de la personnalité à la suite d'un trauma crânien. Ce n'est pas le plus fréquent, mais ça arrive, tente-t-il de la rassurer.

– Je sais… Mais tu comprends que ce soit très *très* agaçant ? Tu m'étonnes que mes parents, ils n'ont pas gagné au change. Je ne peux pas leur en vouloir de ne pas m'aimer.

Marceau a de la peine pour elle, il ne sait pas quoi répondre à un constat d'une telle dureté. Alors, il se tait. Ils passent la journée entière dans la Fiat et les embouteillages, se relayant pour conduire, et ce n'est qu'à 20h passées qu'enfin ils atteignent Biarritz.

Biarritz, la plage du rocher de la Vierge. C'est le soleil qu'ils ont choisi.

CHAPITRE 11

Hôtel de la plage

Ils sont descendus à l'hôtel de la plage. Ils ont pris une chambre vue sur mer avec balconnet au second étage. La vue est magnifique. Léo aime regarder les gens nager le matin pendant que Marceau dort encore. Elle suit leur progression jusqu'à ce qu'ils ne soient plus que de minuscules points perdus entre les rochers. Elle, elle n'aime pas s'aventurer là où elle n'a plus pied. Ce vide obscur sous elle l'angoisse.

Marceau dort beaucoup. Il dit qu'il n'a jamais autant dormi, qu'il est insomniaque pourtant… L'air de la mer, peut-être.

Ils travaillent sans relâche. Marceau pose des questions et Léo y répond. Sans rechigner. Le principe est simple, elle doit parler le plus possible. Se déverser en détails, en sensations, en ressentis, passés ou présents.

Le matin, ils marchent. Dans la ville, sur la plage, le long de la côte. Marceau a remarqué que lorsque Léopoldine est en mouvement, que son corps effectue une action simultanée, son système de défense se fait moins offensif. Il a donc décidé de consacrer les matinées au récit de sa vie antérieure à l'accident. Enfin, de ce qu'on lui en a dit. Ils s'octroient une pause entre 13 et 15h durant laquelle ils déjeunent à l'une des nombreuses terrasses de la station. Puis le travail reprend, sur le sable cette fois. C'est la condition imposée par Léo. Ils ont acheté un grand parasol multicolore et alternent les exercices par de rafraîchissantes baignades. Jusqu'à 18h, Léo doit détailler l'ensemble de ses pensées et émotions. Marceau est organisé et rigoureux. Léo est malléable et volontaire. Les mots inappropriés se font de plus en plus fréquents. Et ce que Léopoldine considère comme une régression, Marceau le qualifie d'avancée.

Au cinquième soir, elle est fatiguée et se sent découragée. Ils boivent un verre sur l'immense terrasse du bar lounge qui surplombe l'océan.

– Nous n'en sommes qu'au début, Léo… Je commence seulement à comprendre l'intégralité de ton histoire.

– Et si ça ne marchait pas ?

– Statistiquement, les chances de ne jamais recouvrer la mémoire sont quasi nulles.

– Et si j'étais l'exception ?

– Tu ne le seras pas, affirme Marceau.

– Tu me le promets ?

En moyenne, elle réclame une promesse par jour. Elle est comme une enfant qui n'a pas été rassurée dans les bases fondamentales de sa construction et qui, de fait, vit dans une peur permanente dont elle n'a pas conscience. Ce déni lui permet certainement d'affronter les situations angoissantes mais la bloque également dans la connaissance qu'elle a d'elle-même. Alors, Marceau promet. Chaque jour. Il sait qu'il est en train de jouer un rôle fondamental dans sa reconstruction, une sorte de figure d'attachement centrale qui va impliquer un nombre non négligeable de conséquences. Il n'est pas inquiet cependant, il en éprouve même une certaine satisfaction. Il ne se sent pas pris au piège, c'est l'inverse. Il respire mieux, son pas est plus léger et son cœur moins nauséeux.

– Je voudrais revenir sur un point, Léo, sans que tu t'énerves.

Tout en soufflant dans sa paille pour transformer sa grenadine en jacuzzi volcanique, elle l'invite de ses yeux cristallins à poursuivre.

– Ce qui me paraît très étrange, c'est que tu n'aies jamais eu d'amis. Tous les gamins ont des copains dans les cours de récré, au collège, au lycée, et encore plus dans un internat ! Puis à Madrid, si t'étais en coloc'… Comment c'est possible ?

– Je ne fais que te répéter ce qu'on m'a dit. Mon père dit que j'étais carrément misanthrope !

– Ça ne colle pas. Moi je dis que ce n'est pas possible.

– Ben, faut croire que si !

– Tu as essayé de faire des recherches ? A l'école, aller interroger tes anciens profs par exemple, sur les réseaux aussi, lancer des appels…

– Pourquoi j'aurais fait ça ? bat-t-elle soudain des cils.

– Pour vérifier.

– Vérifier quoi ?

– Que tes parents t'ont dit la vérité, lâche Marceau avec gravité.

Les traits de Léo se figent et sa paille fait un bruit sec en retombant au fond du verre. La vérité ? Quelle vérité ? Pourquoi lui auraient-ils menti ? Dans quel but ? C'est une idée absurde… Pourtant, un sentiment impalpable et pesant se faufile dans ses entrailles.

– Tu es active sur les réseaux ? investigue Marceau pour dissiper la gêne qui s'est installée.

– Comme tout le monde, non ?

– Non, pas moi.

– Oui, mais toi… Tu es assez particulier dans ton genre ! se met-elle à glousser.

– Ce n'est pas le sujet, recadre-t-il fermement. Personne ne t'a jamais contactée ? *Salut machine, c'est machin, tu te souviens de moi, on était ensemble au lycée…* ? Ce genre de conneries, quoi !

– Non.

– C'est très spécial. Tu devais vraiment être une sale garce ! tente-t-il dans un semblant de dérision.

Léopoldine réfléchit, la lèvre inférieure coincée entre sa prémolaire et son incisive.

– Faut dire… Je n'y suis pas sous mon vrai nom mais sous mon pseudo de comédienne.

Léopoldine Fontaine, il paraît que ça fait pas showbiz !

– Tu déconnes ? s'en étrangle Marceau avec son scotch.

– Non, j'te jure. *Léa River*, c'est mon nom d'actrice.

Il a sauté de son tabouret et fouille dans sa poche de jean pour régler l'addition.

– Mais putain, Léo, il faut commencer par là ! Tout de suite même ! Allez, on rentre, on va te créer un profil avec ton vrai nom sur tous les réseaux qu'il faut. Je les connais pas, mais toi, tu dois savoir lesquels…

– Rassieds-toi, c'est pas la peine de rentrer, on va le faire de mon téléphone, lui ordonne-t-elle dans un rictus navré.

– Ah ? On peut ? Ah ! Ah bon…

Marceau regagne son siège et commande un double scotch au garçon.

– Qu'est-ce que tu peux picoler ! T'es jamais bourré ?

– Mêle-toi de tes oignons et crée tes comptes !

Ce genre de réflexion l'insupporte. Pourquoi y aurait-t-il une norme sur le nombre de verres qu'on aurait le droit ou non de s'enfiler ? On fait chier les mecs sur le nombre d'entraînements de foot ou des pizzas commandées ? On les emmerde, les gonzesses, avec leur stock de sacs aspiro, leur conso de bouquins romance à chier et leurs salades bio ? Putain… Qu'on lui lâche un peu la grappe ! Quand ses yeux se posent à nouveau sur Léo, il la voit sourire au loin, son téléphone à la main.

– C'est déjà fait ? s'étonne-t-il.

– Regarde le mec là-bas, celui avec la chemise blanche, il fait que de me mater. Il est grave beau….

Un mec ? Ils viennent de faire une découverte capitale et elle, elle drague ! C'est affligeant. Il le voit bien le gars en question et effectivement, il a l'air plutôt intéressé. Beau ? Mouais, faut le dire vite. Il a des épaules ridicules et les cheveux en vrac. Il inspecte Léo qui s'est redressée et cambrée nonchalamment. Non, mais il rêve…

– Tu m'excuses, Marceau, je vais aller le voir. On se retrouve plus tard, tu veux bien ?

– Et nos profils ? s'insurge-t-il.

– Ça fait sept ans que je sais pas qui je suis, ça peut bien attendre encore une nuit… lâche-t-elle dans une expression radieuse et consternante de naïveté. A demain. Dors bien. T'inquiète, je serai là pour 10h pétantes, promis.

Et déjà, elle est partie. Elle l'a laissé là, au bar, comme un con avec son double scotch. Il la regarde s'avancer lascivement vers sa proie qui l'accueille avec chaleur dans un sourire lumineux. Alors, c'est comme ça que ça se passe avec elle ? Elle repère un mec, elle échange deux regards, trois pauvres minauderies et emballé, c'est pesé ! Vache ! Faut avoir un sacré culot ! Et une sacrée dose d'assurance. Et ça se met à s'embrouiller dans son cerveau comme ça fait toujours quand il s'agit de séduction et de passage à l'acte. Mille idées désordonnées le bombardent, à bien trop vive allure pour espérer les canaliser. Une arrive puis déjà une autre la bouscule, la ratatine et la fait fuir. Il en est à l'aplomb et à la proximité d'un corps étranger quand il ressent une violente douleur dans la poitrine. Il la connaît bien cette douleur, c'est celle de la peur. Une femme qui part avec un inconnu ne ressent-elle donc aucune peur ? Ne lit-elle donc pas les journaux ? Est-ce l'actualité ou notre histoire qui détermine nos frayeurs ? Il se sent mal à présent. Et seul. Et inquiet.

– Garçon, s'il vous plaît, la même chose.

C'est vrai qu'il boit beaucoup. Trop certainement. Plus que la moyenne, en tout cas. Mais pourquoi s'en priverait-il ? Ce moment où la journée s'achève enfin et où il se pose avec une clope. Il sait que ses tensions vont se disloquer au fil du liquide absorbé. Qu'enfin le monde se fera plus léger, plus doux. Qu'il va passer de sombre et visqueux à clair et aérien. Lui aussi il a sa double classification, se fait-il la réflexion. Ça l'a blessé que Léo lui fasse la remarque tout à l'heure. Depuis quand boit-il ? La toute première fois, c'était quand ? La cuite chez son pote Tony, en quatrième ? Où ils avaient inventé des cocktails immondes avec tout ce qu'il y avait dans le bar des parents… Oui, ça devait être ça. Au bout des deux verres, il s'était senti flotter agréablement dans une galaxie parallèle. Cette fameuse galaxie apaisante et limpide. Au bout de quatre, il avait évidemment dégueulé tripes et boyaux comme tout adolescent qui se respecte mais qu'importe, il avait connu sa galaxie. Un univers différent de celui dans lequel il était emprisonné depuis plusieurs années. Où la peur lui foutait la paix, la honte aussi. Alors, il avait recommencé. A chaque sortie, chaque semaine, puis de plus en plus souvent. Et puis, il y avait eu l'université. Les soirées, les potes, les occases… Et puis après, c'est devenu une habitude de vie. Il ne veut pas en parler avec quiconque parce qu'il serait obligé d'expliquer. Et expliquer, ça, c'est hors de question. Il esquive ces conversations, ces reproches qu'il entend çà et là. Ses parents, ses amis, ses collègues, Blandine… Lui, il sait pourquoi, il connaît la justification, il est au clair avec le sujet. Mais qui pourrait entendre ? Qui ?

Il termine son verre et décide de rentrer. Il va dormir, c'est mieux. Il n'aime pas lorsqu'il glisse ainsi. Il n'aime pas trop revenir sur les choses. A quoi ça sert ?

Sa démarche est molle et la nuit étoilée. En pénétrant dans le hall de l'hôtel, il sent un mélange de patchouli et de miel. Il connaît ce parfum qu'il trouve d'une délicieuse vulgarité, c'est *Angel* de Thierry Mugler. Derrière le comptoir, la fille du soir. Une brunette aux décolletés exagérés, aux fesses compressées dans des matières élastiques, au maquillage trop criard à son goût et à l'accent du Sud-Ouest. Il a instantanément envie d'elle. L'odeur, la nuit, l'alcool, la peur. Et comme il a déjà trop bu pour être l'homme bien qu'il s'évertue à être, il l'invite à boire un verre de vin, sur les deux petites tables installées devant l'établissement pour les éventuels clients fumeurs. *Elle n'est pas débordée, ça lui passera le temps*, accepte-elle. Mais Marceau voit bien que c'est plus que ça. Elle se dandine, faisant frotter ses cuisses rondes dans son pantalon blanc, sa bouche est humide et ses gestes indolents. Il y a quelque chose de grossier en elle, à la limite de l'obscène qui rend Marceau primitif. Et plus elle parle et plus il s'électrise. C'est toujours comme ça…

Dans sa vie, il ne choisit que des filles aussi jolies que lisses, ultras guindées, douze kilos de doctorats en bandoulière, toujours de bonne famille, catho si possible, chiantes comme la pluie, sèches comme des triques et du coup, quasiment imbaisables. Il ne s'explique pas cet acharnement dans ses choix, mais en cinq liaisons sérieuses, le schéma s'est toujours reproduit. Alors, qu'en réalité, lui, ce qu'il aime, ce qui l'attire, le fait frémir, c'est l'épais, le vil, le libidineux, l'incivil. Et il ment lorsqu'il songe qu'il a envie d'elle. Non, ce dont il a vraiment envie, c'est d'un coït frustre, brutal, sans ménagement. Il veut la soumettre, la dominer et la baiser. Peut-être même lui faire mal.

A la fin du verre, sans un mot, il se lève, lui tend la main et l'invite à le suivre.

CHAPITRE 12

Réseaux entremêlés

Lorsqu'il ouvre les yeux, il découvre Léo assise au bord du lit, le rimmel baveux et les cheveux ébouriffés. Elle grignote un croissant.

– Salut…

– Quelle heure il est ? demande Marceau la tête pleine de brume.

– 9h, et il fait super beau.

– T'es là depuis longtemps ? prononce-t-il difficilement.

– Une heure, j'crois. Tiens, lui tend-elle un sac en papier, j'suis passée à la boulangerie. Tu veux que je descende te chercher un café ? T'as une sale tronche…

Après la fille, il a pris une douche et puis il est resté longtemps sur le balcon. Il a vidé le reste de la bouteille et son paquet de blondes. Bon sang ce qu'il a mal au crâne.

– T'as passé une bonne nuit ? questionne-t-il d'un coup de menton sec.

– Ouais… Si on veut. Un peu trop *lover* à mon goût. On est d'accord que, dans un coup d'un soir, ce qu'on recherche c'est pas de la guimauve mais du solide ! Une bonne session de baise, quoi ! Le mec, il n'en finissait pas de m'embrasser le cou et de me caresser les cheveux, j'te jure, c'était un peu comme…

– Je ne veux pas du tout avoir cette conversation avec toi, l'interrompt Marceau d'un œil noir en bondissant hors du lit.

– Bah, tu m'demandes…

– Je voulais juste savoir si tu allais bien. C'était le sens de ma question.

– Ça va, t'énerve pas… Oui, je vais bien. Toi, par contre, ça n'a pas l'air terrible. T'as fait quoi ?

Qu'est-ce qu'il a fait ? En vrai ? Il a sodomisé la réceptionniste sur le plan de travail en inox des cuisines. Il a maintenu violemment sa crinière dans son poing droit et a comprimé sa hanche gauche entre ses ongles jusqu'à ce qu'elle le supplie d'arrêter. Ensuite, il est remonté dans la chambre et les démons sont arrivés. Comme ça fait toujours après. Il n'a réussi à s'endormir que lorsque le ciel s'est fait rouge.

– Rien. J'ai rien fait. J'ai terminé mon verre et je suis rentré. J'ai mal dormi, c'est tout.

Elle est triste Léopoldine parce qu'elle sent qu'il y a autre chose. Elle le regarde disparaître dans la salle de bain. Peut-être lui en veut-il de l'avoir laissé seul ? Elle regrette maintenant. Ça n'en valait pas le coup en plus. Elle n'était pas terrible cette nuit. Elle en aurait bien discuté avec Marceau. Elle aimerait bien comprendre pourquoi elle est si souvent déçue avec les hommes. Pourquoi ils se comportent toujours bien. Alors qu'elle, ce qu'elle aimerait, c'est un peu plus de sensations fortes. Ce qu'elle aime Léo, c'est flirter avec la peur. Elle aime sentir une certaine domination, pour ne pas dire un avilissement. Il y a certainement une raison à cela mais elle n'y a pas accès, comme tout le reste. Avoir un avis masculin l'aurait éclairée. Bon, tant pis, plus tard peut-être. Quand il sera de meilleure humeur.

Lorsqu'elle remonte du petit déjeuner une grande tasse de café noir à la main, il est douché, habillé et légèrement moins hostile.

– Voilà, c'est fait, annonce-t-elle fièrement. J'ai créé tous mes profils. J'ai mis le paquet, je suis désormais trouvable sur Facebook, Twitter, Instagram, Pinterest, Google+, Tumblr et Linkdln.

– C'est pas trop tôt.

– Mais j'ai bien mieux que ça. J'ai posté des appels sur les différentes pages des écoles où je suis allée. De la primaire à l'université de Madrid. J'ai expliqué mon cas et ai sollicité des témoignages dans le cadre d'une rééducation cognitive de mémoire. C'est bien ça que tu m'as expliqué ?

– C'est bien ça… l'encourage-t-il de la main à poursuivre.

– J'en ai peut-être un peu rajouté sur le côté tragédie, limite versé dans le pathos, mais bon, normalement, ça devrait marcher. Les gens sont friands de ce genre d'histoire.

Force est de constater qu'elle a bien bossé.

– Tu connaissais les noms de toutes tes écoles ?

– C'est là où je vais t'épater, j'ai appelé ma mère. Bon à 7h30 du mat', ça l'a fait moyen marrer vu ce qu'elle s'enfile le soir, je te dis pas l'état au réveil… Mais bon, elle a répondu. Elle a été assez étonnée de mon intérêt soudain pour mon cursus et a voulu savoir pourquoi je voulais ces infos mais elle me les a données. Du bout des lèvres. Je n'ai pas osé dire la vérité, j'ai dit que c'était pour des histoires de diplômes, qu'on m'avait fait une offre de poste sérieux, que j'y réfléchissais… Tu comprends bien que pour mes parents *Voix* est tout sauf un métier sérieux ! Quand les gens leur demandent ce que je fais, je suis sûre qu'ils inventent un bobard ! Tu imagines ? La fille du Docteur Fontaine, saltimbanque ? La honte…

Elle rit. Comme toujours, elle rit. Marceau ne lui en veut plus du tout. Lui en voulait-il vraiment d'ailleurs ? N'était-ce pas plutôt après lui et sa conduite déplorable qu'il en avait ? A sa faiblesse face au poids des souvenirs ? Quel homme détestable… Et elle, petite fille vide, qui se joue de tout, qui rit, qui ne sait pas. Face à elle, il est désarmé. Avec elle, son cœur bat.

Il lui adresse un faible sourire.

– *Evaporatio* ! lâche-t-elle.

– Oui, dis... Qu'est-ce qu'il se passe ?

– C'est ton sourire, je crois, répond-t-elle timidement.

– Qu'est-ce qu'il a de particulier ?

– Il… il… il a l'air sincère. Il est triste aussi. Il me touche.

Marceau se précipite vers le bureau, saisit son cahier et décapuchonne son stylo. Il interroge Léo du regard :

– Cette nuit, as-tu employé des mots inappropriés ?

– Non.

– As-tu déjà ressenti de l'attachement pour quelqu'un ?

– Ben oui… Quand même ! Tu me prends pour qui ?

– Pour qui ? continue Marceau.

– Pour des mecs dont je suis tombée amoureuse et pour une amie, Valentine.

– Et, là tu avais des mots inappropriés ?

– Mais j'en ai tout le temps, comment veux-tu que je m'en souvienne !

– Ok, viens on va marcher. Tu choisis ton histoire la plus forte, le mec qui t'a fait le plus souffrir et tu me racontes tout. Tout de A à Z, en détails, d'accord ?

– Même le cul ?

– T'es lourde, Léo. Sauf le cul.

– Dommage.

Il la pousse hors de la chambre pendant qu'elle se gondole comme une anguille.

Cette absence de souvenirs qu'elle juge handicapante ne lui permet-elle pas aussi cette innocence ? N'est-il pas en train de commettre une grossière erreur en essayant de les faire ressurgir ? Et si sa mémoire retrouvée, ce vide comblé scellait finalement son malheur ? La gorge de Marceau se serre et la douleur revient. Il lutte, la clef dans la serrure. Il entend les pas joyeux de Léo qui dévalent déjà les marches. Son rire extravagant résonne dans toute la cage d'escalier.

Non, tous les passés ne sont pas forcément sordides.

CHAPITRE 13

Les rimes bleues

Pour le récit, elle a choisi Arthur. Le bel Arthur, la trentaine badine, un peu mégalo sur les bords et pas vraiment malin, mais soit, visiblement elle l'aimait. Elle a raconté deux heures durant. Tout en détails comme il l'avait souhaité. Et bingo, la théorie que Marceau a établie s'est vérifiée à chaque évocation de souvenir intense.

Au premier baiser, il a eu le droit à *Barbapapa* – ce qui, en soi, était assez cohérent ; à la première rupture, un très sonore *Scandinavia* s'est échappé de la gorge de Léo, à la seconde elle a vociféré un *Apiladelphia* et à la troisième et dernière, elle lui en a servi trois, coup sur coup. *Antéxia*, *criptozana* et *malaria*. Le dernier mot, contrairement aux précédents, avait la particularité d'exister. Outre le fait que ce jeune homme s'est comporté comme un sale con du début à la fin et qu'elle s'est bien faite mener en bateau, cette lamentable histoire a la caractéristique de ne comporter que des mots inappropriés de rimes en *A*. Il inscrit cette remarque dans la rubrique *Divers : Amour = rimes en A*.

La dernière heure, ils la passent sur l'amitié – la seule – qu'elle entretient avec Valentine. Un seul mot inapproprié pointe son nez – *quattrocento* – au moment où Léo raconte le départ aux Etats-Unis de son amie. C'était il y a deux ans, depuis elles ne se sont revues que deux fois, ce qui la chagrine beaucoup. Marceau ajoute à sa rubrique : *Amitié = rimes en O*. Il faudra qu'il vérifie cette hypothèse, mais si elle s'avère juste, il pourra classer les mots en catégories selon la nature des sentiments auxquels ils se rapportent. Ce qui restreindra le champ d'investigation et leur facilitera nettement la tâche.

Marceau, satisfait de cette matinée constructive, propose d'aller fêter cette découverte majeure autour d'un plateau de fruits de mer. Léo, elle, est chamboulée. Ces évocations ont remué beaucoup de sentiments, elle comprend mieux la difficulté de la gestion des souvenirs qu'avait évoquée Marceau au premier déjeuner. Les douloureux ont ce désagréable pouvoir d'attirer vers le fond. Déconcertée par sa propre réflexion, elle lui en fait part.

Marceau réfléchit en suivant la course des faibles rouleaux blancs. C'est une belle journée. Une horde de surfeurs à cru sur leur planche attendent les vagues tels de patients petits insectes désordonnés. Il commande un verre de vin blanc et un Perrier au serveur, puis interroge :

– Est-ce que ça voudrait dire que tu ne repenses jamais aux choses passées ?

– Ben, non, tu as raison. Presque jamais ou rarement.

– C'est très étonnant. Tout le monde songe en permanence au passé. A hier, à la semaine dernière, à la conversation eue avec untel, au mec croisé, au film vu… Toi, non ?

– Non. Pourquoi les gens font ça ? demande-t-elle avec sincérité.

– Parce que c'est naturel, atteste-t-il. Humain, tout simplement, c'est de l'ordre de l'apprentissage. L'homme est ainsi fait, il progresse grâce à ses expériences.

– Ça veut dire que je ne suis pas normale ?

– Ça veut dire qu'il y a un processus dans ton cerveau qui ne l'est pas. Un mécanisme défaillant, une connexion qui ne se fait pas.

La lèvre inférieure de Léo se met à trembler et ses yeux se remplissent de larmes. Elle pose ses coudes sur la table et laisse tomber sa tête entre ses mains. Elle se met à sangloter comme une enfant. Marceau est décontenancé. Il avance le bras avec hésitation pour toucher le sien, mais il le retire. Il sait ce qu'il devrait faire, ce qu'on fait dans ces cas-là. Il devrait se lever et la prendre dans ses bras, lui assurer qu'elle n'est pas seule, car c'est une vérité, elle n'est pas seule. Il est là, lui, et jamais il ne l'abandonnera.

Il a promis. Mais voilà, il ne peut pas. Toucher les gens est trop angoissant.

– Léo ? Léo, regarde-moi…

Ses épaules hoquettent dans un mouvement régulier.

– Léo, s'il te plaît, calme-toi. Je vais me renseigner, on va trouver une explication et on va y remédier. On sait faire plein de choses tu sais, la science est de plus en plus exacte, il n'y a aucune raison qu'on ne trouve pas le bon traitement à ton cas.

– Mais ça fait sept ans Marceau, sept ans, tu comprends ? relève-t-elle son visage ravagé de chagrin.

– Je sais, j'entends, mais je vais te dire quelque chose, si tu me permets.

Il hésite un moment. Depuis plusieurs jours, il a un de ces fameux *pressentiments* qui lui rode autour. Dans les récits de Léo, il y a quelque chose qui cloche. Le fait que ses parents, par exemple, aient refait toute la décoration de sa chambre avant son retour de l'hôpital, l'interpelle. Avec la confidence qu'elle vient de lui faire, une pièce vient s'ajouter au puzzle. Il ne sait pas où la placer, mais c'est tout de même une supplémentaire. Il reprend.

– Ton père est peut-être un éminent neurochirurgien mais c'est assurément un très mauvais psy. Pas certain non plus que ce soit un bon père. Ce que tu me racontes n'est pas normal. Tu n'as aucune photo de ton enfance, aucun objet de ton passé, tu n'as soi-disant pas d'amis, tu n'as aucun élément tangible auquel te raccrocher. Ce n'est pas logique. Tous les parents du monde dans la situation des tiens auraient rassemblé tout ce qui était en leur pouvoir pour raviver tes souvenirs. Pas eux. Eux, ils ont refait ta chambre, ils t'ont enfermée, isolée, coupée du monde. Donc, je pense que ton père s'est planté. Il a peut-être voulu bien faire, mais il s'est loupé. Ce n'est pas toi qui as échoué, c'est lui.

Il la voit la petite lueur au fond de ses jolis yeux bleus. Il aimerait bien lui prendre la main et la rassurer encore. Alors il continue.

– On est en train de reprendre tout à zéro, Léo. On teste une nouvelle méthode. Toi et moi. Et jusque-là, je trouve qu'on fait du bon boulot. C'est normal que tu te sentes perdue et découragée. Mais tu as confiance en moi ?

– Oui, j'ai confiance en toi, murmure Léo rivée à ses mots.

– Je suis pugnace, tu sais. Et puis, j'ai une peur phobique de l'échec, lui confie-t-il dans un demi-sourire. Par conséquent, tu peux me croire, je ne m'aventure jamais dans un projet si je ne suis pas certain de le mener à bien. Donc, je n'ai aucun doute, nous allons réussir. Ensemble. D'accord, *partner* ?

– D'accord, *partner*, lui offre-t-elle sa paume pour qu'il y frappe.

Au même moment le téléphone de Léopoldine vibre et une bannière d'alerte apparaît sur l'écran. Ils lisent en même temps le début message : « *C'est complètement dingue ton histoire, appelle-moi tout de suite...* »

Léo ouvre le message en entier, il s'agit d'une certaine *Agathe Astier* qui dit avoir été l'une de ses copines de fac et colocataire à Madrid. Elle ne savait même pas qu'elle avait eu un accident. Elle est trop contente d'avoir de ses nouvelles... Léo est livide et pétrifiée.

– Qu'est-ce que je fais ?

– Comment ça qu'est-ce que tu fais ? Tu appelles, Léo et tout de suite !

La peur au ventre, elle quitte sa chaise et s'approche de la rambarde. Elle cherche du courage auprès de l'horizon azur. A l'intérieur, c'est le chaos. Une collision entre deux espaces-temps, son imaginaire et le réel, sa désespérance et ses espoirs.

La confrontation avec son vide.

Elle compose le numéro. La tonalité débute, une, deux, puis trois, puis quatre. A la cinquième, une voix rauque décroche :

– ¿ Diga ?

Sa tête se met à tourner, son cœur cogne dans sa poitrine, le sol se fait coton. Elle connaît cette voix.

– *Sténodactylo*… parvient-elle seulement à chuchoter.

CHAPITRE 14

Les lumières de Madrid

La conversation a duré une bonne quinzaine de minutes. Marceau inquiet, ne l'a pas quittée des yeux. Léopoldine est demeurée immobile, une main agrippée au combiné, l'autre à la balustrade. Lorsqu'elle est revenue, elle tremblait comme une feuille. Elle n'a pas souri et a seulement dit : *On y va !* Marceau a réglé son verre de vin, a annulé la commande du second et a rejoint Léo qui, déjà, avait regagné la voiture.

– Dis-moi… l'a-t-il invitée à partager sa conversation.

– Je lui ai dit qu'on arrivait, elle nous attend.

– Qu'on arrivait où ça ?

– A Madrid. Elle y vit toujours.

Léopoldine fixe l'océan comme si un malheur terrible allait s'abattre sur eux si elle cessait de le faire. Elle a reconnu la voix. Elle ne peut pas y associer un visage, mais elle lui est familière, elle le sait, elle le sent. Elle a même senti une odeur de piments et d'huile pendant qu'elle lui parlait. Il faudra qu'elle le dise à Marceau, mais plus tard, pour le moment elle se sent tellement fatiguée que parler requiert trop d'effort. Elle voudrait dormir, juste dormir…

533 km. Ils y seront dans 4h32 à présent. Léopoldine n'a presque pas ouvert la bouche depuis son coup de fil. Elle a été très perturbée. Entre l'anesthésie et l'état de choc. Marceau a préféré ne pas la harceler de questions, ils ont tout le temps du trajet. Il a d'office pris le volant et Léo, à présent, dort, recroquevillée contre la portière.

Ils ont quitté l'hôtel avec empressement. La bonne nouvelle, c'est que ce soir, il ne sera pas obligé de croiser le regard de la fille de la réception. Comment s'appelle-t-elle d'ailleurs ? Il ne lui a même pas demandé son prénom… Il repense à son arrière-train claquant contre ses cuisses et une violente excitation le renverse à l'équerre. Il secoue la tête pour chasser l'image.

Lorsque Léo ouvre les yeux, elle peut lire sur un panneau *Mirando de Ebro*. Elle semble aller mieux et offre à son compagnon de route un de ses précieux sourires. Les lèvres de Marceau le lui rendent et son cœur s'allège. Elle se met à jouer avec l'autoradio et répond, à voix haute en espagnol, aux speakers.

– Ça me fait du bien d'entendre cette langue, tu ne peux pas savoir…

– Explique-moi.

– Ça me procure de la joie et une certaine euphorie. Ça me donne envie de danser aussi. Et j'ai la sensation d'avoir plein de lumières dans la tête, des rouges et des jaunes surtout.

Marceau est admiratif car en seulement quelques jours, sa progression sur la verbalisation de ses émotions est significative. Elle a parfaitement saisi ce qu'il attendait d'elle et respecte la méthode de travail établie. Elle s'applique.

– Autre chose ? l'interroge-t-il.

Léo se met alors à relater presque mot pour mot l'échange qu'elle a eu avec Agathe. Leurs cours, leur rencontre, leur appartement dans le quartier *Malasaña* qu'elles partageaient avec deux autres personnes, une certaine Anna et un Erwan. Anna vit à New-York à présent, elle s'y est mariée et a même une petite fille. Erwan malheureusement est mort, un accident lui aussi, de scooter. Elles étaient très proches, lui a assuré Agathe, elles ne se quittaient pour ainsi dire jamais. Donc, elle n'a rien compris quand, du jour au lendemain, Léopoldine n'a plus donné de nouvelles. Alors, elle a raconté l'accident et l'amnésie.

– Et elle n'a pas cherché à te contacter ? s'étonne Marceau.

– Elle dit que si, mais que mon numéro n'était plus attribué et que ses mails lui revenaient. Elle a appelé mes parents ensuite. Et c'est là que ça devient extrêmement intéressant…

– Balance ! s'impatiente Marceau.

– Ils lui ont dit que j'avais rencontré un garçon qui m'avait tourné la tête et qu'à leur grand désespoir, il n'y en avait plus que pour lui. Elle en a été étonnée parce que d'après elle, ce n'était pas trop mon genre, que j'avais pas l'habitude de me laisser tourner la tête comme ça, mais que c'était plausible parce que je venais effectivement de rencontrer un mec à Annecy. J'étais allée passer une semaine chez mes parents entre mes partielles et mon job d'été à Madrid. La dernière fois qu'elle avait eu de mes nouvelles, j'allais dîner avec lui. Elle en a donc conclu que j'étais une bien mauvaise amie, pour ne pas dire une sale garce, et que je finirais bien par me lasser. D'autant que j'avais laissé toutes mes affaires à l'appart.

– QUOI ? Qu'est-ce que c'est que cette connerie ?

Marceau a des yeux gros comme des calots et sa voix a quitté ses rails.

– C'est pour ça qu'on y va.

Instinctivement le pied de Marceau se fait plus pressant sur l'accélérateur. Il songe que c'est une bombe à retardement ce coup de fil. Une impression entre égouts et exaltation. L'excitation du chercheur qui trouve. Ou tout du moins qui est sur le chemin de la vérité. Depuis combien de temps n'a-t-il pas ressenti une telle joie ? C'est vraiment une très belle journée. Une formidable journée même… Ce matin, la découverte fondamentale des émotions qui font naître les mots inappropriés, puis l'hypothèse des rimes qui les classent et enfin, la preuve irréfutable que les parents de Léopoldine lui ont menti. Il le sent depuis le début, ce n'est pas clair.

– Comment tu te sens ? s'inquiète-t-il soudain.

– Ça va.

– T'en penses quoi ?

– J'en pense qu'on a du lourd et que mes enculés de parents sont vraiment ce que j'ai toujours pensé : des gros connards.

– Ah enfin, je te retrouve !

– Pourquoi tu crois qu'ils ont fait ça ?

– Aucune idée. Le chagrin, peut-être. La peur de te perdre et le désir de te garder auprès d'eux. La bêtise pourquoi pas, le souhait de te préserver du monde et te mettre sous cloche. Ou une autre raison qui nous échappe.

– Mes parents ne sont ni sensibles ni stupides. C'est autre chose. Et crois-moi, on va trouver quoi.

Marceau approuve ce regain d'énergie. Oui, bien sûr qu'ils vont trouver.

– Tu te charges de nous trouver un hôtel ?

– Agathe a proposé de nous héberger. On peut rester aussi longtemps qu'on veut. On va trouver, Marceau, on va chercher et on va trouver. J'y crois maintenant. C'est toi qui avais raison, y'a un truc qui cloche depuis le début et moi, comme une conne, j'ai rien vu.

– *Partner* ? lui tend-il sa paume.

– *Partner*, y frappe-t-elle.

Et pendant les deux heures de trajet qui les séparent des lumières de Madrid, le vide de Léopoldine s'est rempli d'une confiance et d'une détermination gigantesques. Les souvenirs de Marceau, quant à eux, se sont disloqués puis ont été broyés dans une force et une toute puissance jusqu'alors inconnues.

Unis, connectés, invincibles, ils sont simplement heureux. Heureux d'être ensemble. Heureux d'être deux, heureux d'être complets.

A présent, ils le savent : ils sont tout l'un pour l'autre.

CHAPITRE 15

Agathe

A peine a-t-elle ouvert la porte de son appartement que la fille s'est jetée dans les bras de Léopoldine. Léo ne savait pas trop comment réagir alors, elle l'a laissée faire.

Agathe est une jeune femme au teint mat, les cheveux montés sur ressorts, un regard sombre et une voix grave d'une épaisse chaleur. Elle a carressé Léo un long moment dans le couloir orangé. Ses épaules, ses joues, ses cheveux. Elle pleurait. Léo ne l'a pas quittée des yeux, elle n'a pas bougé, elle semblait même apprécier. Cette scène incongrue a dérangé Marceau. Comme il aurait détesté ça, lui…

Tout en les installant dans le salon, Agathe se présente dans un flot de paroles chantant et vif. Elle vit seule dans ce bel appartement du centre, elle est juriste dans une grande société américaine. Elle gagne bien sa vie et aime son travail. L'amour, ça va, ça vient... rit-elle. C'est drôle, son rire ressemble à celui de Léo, en moins exalté. Il a le même un rythme, une ponctuation similaire. Soudain, elle s'arrête, dévisage à nouveau sa vielle amie et souffle : « Comme tu m'as manquée, Léa… »

Léopoldine et Marceau échangent un regard d'étonnement.

– *Léa* ? demande Léo. Pourquoi tu m'appelles *Léa* ?

La fille a l'air extrêmement surprise.

– Ben parce que c'est ton nom ! Enfin, ton surnom. Tout le monde t'appelle *Léa* ! Personne ne t'a jamais appelée autrement.

Ça alors ! Son nom d'actrice. Elle n'en revient pas, Léo… Marceau est déjà en train de le noter dans le cahier bleu. Agathe semble gênée.

– Tu ne le savais pas ?

Un drôle de sentiment gagne Léopoldine. Même si elle ne connaît cette fille que depuis quelques minutes, elle éprouve déjà quelque chose de tendre et de sincère. Pour rien au monde, elle ne souhaite l'embarrasser. Elle s'approche, prend ses deux mains entre les siennes et explique dans un sourire de premier matin du monde :

– Ne t'en fais pas. Je ne sais rien du tout. Je n'ai aucune mémoire de rien. C'est pour cela que je suis ici. Parce qu'avec toi, *grâce* à toi, je vais découvrir tout un pan ma vie !

Les yeux de la fille se mettent à nouveau à déborder. Ils sont emplis d'amour et d'émotions. C'est la première fois que Léo est confrontée à quelqu'un qui appartient à son passé autre que ses parents. Et surtout, elle est la première à lui témoigner autant de marques d'affection. A son tour, elle serre Agathe contre elle, plonge délibérément son nez dans ses cheveux et les respire longtemps. Elle visualise une grande bâtisse à la façade jaune. Le ciel est d'un bleu saturé et l'oranger planté devant plein de beaux fruits mûrs. *A contrario*, murmure-t-elle.

Marceau, après avoir notifié cette nouvelle rime en *O* corroborante, décide de couper court à cet excès de sentimentalisme. Il prend le relais et détaille leur projet, leurs recherches, leur méthode. Agathe écoute avec attention et lorsque Marceau lui expose ce qu'ils attendent d'elle concrètement, elle accepte avec implication et gravité.

La soirée est riche autour de la table basse à boire du rioja et à regarder des photos. Léopoldine se découvre sur l'écran au fil des images qui défilent. Elle n'a rien de sage. Ni de posé, ni de timide. Elle écoute Agathe qui commente, raconte les anecdotes, pointe du doigt, cite des prénoms, date, localise… Et Marceau observe. Les attitudes de Léo, les expressions sur son visage, ses mains qui se raccrochent l'une à l'autre et se rassurent mutuellement. Le vertige est perceptible, il veille.

Vers 4h, ils se séparent pour aller dormir quelques heures. Ils reprendront demain. Le programme est établi : ils vont parcourir les endroits de la ville que Léo avait coutume de fréquenter. Pour voir si…

Agathe les a installés dans la chambre d'amis au lit double. Léo, étourdie par tant d'informations, est heureuse de pouvoir se réfugier sous les mêmes draps que ceux de Marceau. Elle a peur, ce soir. Elle a peur de l'avenir et du passé surtout. Mais elle contient ses craintes et s'endort, son pied glacé contre le mollet brûlant de son ami.

Demain, elle prendra le temps de le remercier. Pour tout. Pour tout ce qu'il lui offre…

Marceau laisse les orteils glaçons toucher sa peau. Il n'apprécie guère mais tant pis, il prend sur lui. Léo a eu une rude journée. Elle aussi a dû prendre sur elle, encaisser les nouvelles données. Elle n'a pas bronché. A aucune annonce. Il entend sa respiration se faire plus lente. Déjà, elle s'est endormie. Comme il l'envie pour ses facilités de sommeil. Lui, le temps qu'il déroule le fil de la journée, qu'il classe les éléments, revienne sur les faits importants, envisage leur traitement, il en a au moins pour deux heures.

Il repense au fait qu'elle ne revienne jamais sur les faits, elle. C'est étrange car c'est la base des exercices d'assimilation pour la rééducation. On revient, on re-revient sur les événements, ça devient comme une gymnastique ensuite, un réflexe. Son père ne lui a-t-il donc pas appris ? Il y a autre chose qui l'étonne, ce midi à la plage, après la conversation avec Agathe, elle aurait dû se sentir surexcitée, impatiente. Elle aurait dû se déverser en bavardages, en échanges, en suppositions… Mais rien. Elle est restée muette et s'est réfugiée dans le sommeil. Tel un évitement.

Il faudra se pencher sur ces deux points, il ne voit pas encore le lien, mais il sent qu'il en existe un. Les éléments sont toujours reliés entre eux, c'est la nature même du monde. Malheureusement.

CHAPITRE 16

Les mensonges bistres

Au réveil, ils ont trouvé, sur la table de la cuisine, une liste de lieux où se rendre ainsi qu'un double des clefs de l'appartement. Ils ne retrouveront Agathe qu'en fin de journée.

Pendant que Léo engloutit ses tartines, Marceau accompagne son café noir d'une cigarette. Les bruits de la ville et la chaleur se faufilent déjà entre les persiennes.

Ils choisissent de débuter leur périple par l'université. Ils arpentent les allées, entrent dans des bâtiments, réussissent à pénétrer dans quelques amphis. Léo visite sans l'intervention d'aucun mot inapproprié.

Ils se rendent ensuite au bar où elles avaient l'habitude de boire des verres après les cours dans une petite rue de *Moncloa*. L'ambiance y est estivale, les étudiants achèvent leurs inscriptions, Léo observe mais ne reconnaît rien.

Puis, c'est au tour du quartier *Malasaña* d'être sillonné, de long en large et en travers. Les recommandations d'Agathe sont précises, *là où on faisait les courses, ta boutique fétiche, le bar où Paolo chantait, l'appartement...* Léopoldine regarde, découvre, examine. Chaque rue, chaque façade, chaque devanture. Elle guette. Elle scrute en elle chaque émotion, chaque ressenti qui pourrait surgir… Mais rien. Pas même lorsqu'ils parviennent à entrer, par chance, dans l'appartement où elles ont vécu deux années. Non, pas même là.

A 15h, Léopoldine est fatiguée. Elle insiste pour rentrer à l'appartement. Elle veut dormir. Marceau ne cède pas. Il sait que ce qu'elle nomme fatigue n'est que du découragement. Il lui faut seulement retrouver une dose d'espoir. Il l'invite à se poser à une terrasse et commande quelques tapas.

Il essaie d'estomper sa déception.

– Je ne suis pas tellement étonné, tu sais. A chaque fois qu'une émotion est née, cela n'a jamais été par la vue.

– Je sais pas…

– On avait dit quoi ? la réprimande-t-il d'un regard sévère.

– Excuse. Je sais que tu as raison. Mais je me disais, de voir toutes ces choses, peut-être…

Brusquement, elle se redresse et se met à renifler bruyamment.

– Oh Marceau, tu sens cette odeur ? *Analogistique* !

– Eh ben, tu vois… l'invite-t-il à chercher de son index.

– Ça sent… ça sent le *chocolate con churros* ! s'écrie-t-elle triomphante. Oh, j'en veux !

– Allons donc pour un *chocolate con churros* alors, jeune fille ! Cela a l'air de vous rendre tellement heureuse.

Il aime bien quand elle est heureuse, Léo. Elle s'éclaire. D'un coup, tout semble s'illuminer à l'intérieur. Elle diffuse, éclate, rayonne. Marceau est confiant. Cette Agathe, c'est une mine d'or. Ils resteront le temps qu'il faudra et vont puiser en elle toutes ses ressources, toutes les connaissances qu'elle a de Léopoldine. Jusqu'au dernier carat. Jusqu'à la dernière poussière.

La fin de l'après-midi est joyeuse. Léo a oublié son coup de mou et gambade dans la ville comme un girafon en pleine savane. Elle s'octroie même une virée chez Zara. Elle achète une robe, une chemise, un foulard, insiste pour offrir un tee-shirt à Marceau et prend un petit top avec une fine dentelle pour Agathe. Vert bouteille. A la caisse, en tripatouillant le tissu, elle lâche : *Elle adore le vert, Agathe !* Le corps de Marceau se fige.

– Qu'est-ce que t'as dit ?

– Oh oui, putain ! Qu'est-ce que j'ai dit ? s'immobilise à son tour Léo. Comment je sais ça ?

– Tu le sais, c'est le plus important ! Paye qu'on s'en aille !

Oui, elle le sait. Elle essaie de réfléchir, mais rien ne vient. Elle a juste cette certitude, Agathe aime le vert. Le vert bouteille plus exactement.

Parce que le pastel, ça non, elle n'aime pas. Ça aussi, elle le sait.

Une fois sur le trottoir Marceau cherche à comprendre, à en savoir davantage. Il questionne pendant plusieurs minutes, mais Léo s'arrête là. Elle n'a que cette information colorimétrique. *Agathe aime le vert bouteille.*

Lorsqu'ils la retrouvent, Léopoldine lui saute littéralement dessus. *Tu aimes le vert bouteille, hein, pas vrai ?* la supplie-t-elle du regard.

– Oui, c'est ma couleur préférée ! Tu t'en souviens ? C'est ça Léa, tu t'en souviens ? Tu te souviens ? Ça y est ?

Mais non, elle ne se souvient que de ça, pas du reste… Agathe tente de cacher sa déception derrière une annonce prometteuse.

– J'ai eu Pablo et Sandro au téléphone, ils viennent pour le week-end, ils veulent absolument te voir. J'ai pensé que ce serait bien, non ?

La veille, toute leur bande d'amis de l'époque a été présentée à Léo par l'entremise de clichés. Pablo, autrefois étudiant en histoire de l'art, vit à présent à Séville et change de chéri à peu près tous les ans. Sandro, lui, était dans la même promo qu'elles. Il était fou de Léopoldine. Ce n'était pas réciproque. Il a aujourd'hui femme, enfant et pavillon à Valladolid. *Plus de soucis à se faire donc*, lui assène Agathe d'un clin d'œil complice.

Le reste de la semaine se déroule entre balades, exercices et récits d'Agathe. Elle est précise et bavarde. Léo écoute et ingère les informations, Marceau note tout ce qu'il juge important. Ils apprennent ainsi que Léopoldine était une jeune fille rebelle, originale dans ses tenues vestimentaires, légèrement décalée. Elle se mettait facilement en colère et aimait les excès en tout genre. Elle était joyeuse la plupart du temps, extravertie parfois, voire exubérante.

– Ça ne colle pas vraiment avec le portrait qu'on a fait de toi, ne peut s'empêcher de commenter Marceau. Et ses relations avec ses parents, elle t'en parlait ?

– Pas souvent. Mais ce que je sais c'est que tu ne pouvais pas les encadrer. Tu n'en parlais qu'en mal… Tu disais que ta mère n'était qu'une sombre alcoolique et ton père un sombre connard. Que tout était sombre en eux, leurs tronches, leur baraque, leur vie. D'ailleurs, tu les appelais *les sombres.* C'était même le nom sous lequel tu les avais enregistrés sur ton portable. Et t'avais mis une musique épouvantable, genre un synthé pourri, parce que tu disais que c'était la plus moche que t'avais trouvée. Quand ils te téléphonaient, ça nous faisait tous beaucoup marrer.

– J'avais l'air vraiment charmante… se met à rire Léo.

– Ton rire, il n'a pas changé…

– Ah bon ? Mon père dit que si et que c'est insupportable.

– Non, je t'assure, c'est exactement le même. On ne peut pas l'oublier. Tu demanderas aux mecs demain !

Ses parents lui ont donc menti sur absolument tout. De A à Z, tout n'est que tissu de mensonges. Léo ne semble pas plus perturbée que ça. Elle semble amusée de faire sa propre connaissance, presque rassurée de ne pas être la personne qu'on lui a dépeinte et dont elle se sent si éloignée.

– Parle-nous encore de ses parents, Agathe, s'il te plaît. Essaie de te souvenir de tous les éléments que Léo aurait pu te confier.

Alors, elle s'exécute. En vrac, elle déverse tout ce dont elle se souvient. Sa mère austère, pas maternelle, guindée, et saoule du matin au soir. Son père froid, hautain, suffisant, réac, intransigeant. Tous deux catholiques pratiquants, adeptes du qu'en dira-t-on. Riches, et assez généreux bizarrement ce qui dissone avec le reste du profil.

– Léa disait qu'ils s'étaient débarrassés d'elle à ses treize ans et l'avaient envoyée en pension en Suisse parce qu'elle les gênait. Un jour, tu as laissé entendre que tu avais vu une chose que tu n'aurais pas dû voir, mais quand j'ai voulu savoir quoi, tu m'as envoyée balader.

– J'étais vraiment super agréable… se tord la bouche Léopoldine.

– Une autre fois, t'avais trop picolé, tu as dit à Pablo que ta mère avait un amant. Cette nouvelle avait l'air de te ravir. T'as dit que ton père était tellement odieux avec elle qu'il ne l'avait pas volé. Et t'as même ajouté que…

Agathe s'interrompt et les regarde tour à tour.

– Que quoi ? Vas-y dis, s'impatiente Léo.

– Poursuis, Agathe, encourage Marceau, ce qu'on cherche c'est seulement la vérité, rien d'autre. Même si c'est dur à entendre, Léo ne t'en voudra pas. Hein, Léo ?

Léo fait signe que *oui*, puis que *non*.

– Tu pensais que ton père frappait ta mère… confie Agathe.

– Moi, j'ai dit ça ?

Léo est sidérée. Si son père n'a certes pas toutes les qualités du monde, il n'est cependant pas un homme violent, de ça, elle en est certaine. Pourquoi aurait-elle dit une chose pareille ?

– Oui… affirme Agathe. Tu avais vu des bleus sur les bras et les jambes de ta mère. Je suis désolée, Léa…

Là, ça ne colle pas. C'est impossible. Léopoldine ne se sent pas bien soudain. Tout s'emmêle. C'est trop compliqué, elle n'a plus envie de chercher, plus envie d'écouter, plus envie d'entendre. Elle veut faire la fête et penser à autre chose. Elle se lève, frappe deux coups secs dans ses mains et propose :

– Bon, on sort ! On n'a pas essayé Madrid by night ! Et puis, vous savez ce qu'on va faire ? Je vais renouer avec mon ancienne personnalité, enfin, avec ma *vraie* personnalité ! Je vais faire comme toi Marceau, je vais m'en prendre une bonne petite ! Qui sait, peut-être que comme ça quelque chose va me revenir !

Son rire sonne faux dans le grand salon et cette dissonance fait mal à Marceau.

– Te prendre une bonne petite quoi ? espère-t-il avoir mal compris.

– Une cuite, pardi ! hausse-t-elle les épaules avec désobligeance.

Il encaisse sans rétorquer. C'est mérité.

Et puis, c'est peut-être une bonne idée. Il y a déjà songé, si l'initiative vient d'elle en plus… Allons-y pour la biture expérimentale !

CHAPITRE 17

L'aube cobalt

Agathe les a emmenés dans le quartier *Chueca*, le plus animé de la ville une fois le soleil couché. Elle a attrapé Léo par le bras et a tout commenté. Chaque recoin de rue, chaque bar, chaque restaurant. Ici, elles avaient rencontré Machin ; là, il y avait eu une bagarre ; sur ce trottoir, elles avaient dansé déguisées, Léa en abeille, Agathe en chat. A cet angle, elle avait embrassé le beau Luis, dc ça elle est obligée de se souvenir, elle avait mis deux mois à l'avoir celui-là… Et là, pile là, derrière cette rangée de bagnoles, elles avaient fait pipi !

– Que de souvenirs… entendent-elles ironiser Marceau.

– T'as jamais été étudiant, toi ? le rabroue Léo.

Si, effectivement, il l'avait été. Mais ça avait été moins mouvementé. Moins bien, assurément. Il observe les deux amies fouler les pavés des rues étroites devant lui. Cela fait quatre jours seulement qu'elles se sont retrouvées et déjà, il sent le changement en Léo. Elle est moins en déséquilibre au bord de sa falaise avec son vertige. Elle s'appuie sur la mémoire de la douce

Agathe, elle lui empreinte, se l'approprie. Son visage est moins saillant, son pas moins affolé, ses yeux plus saturés. Accrochée à son bras, le monde est plus stable, plus tangible, il retrouve un semblant de sens.

Et comme si Léopoldine entendait ses pensées, elle se retourne et l'invite de son bras libre :

– Bon tu viens, vieux râleur ?

Il ne sait pas pourquoi, mais cette invitation l'emplit de confiance. Il presse le pas, arrive à leur hauteur, et dans une folle envie de tordre le cou à toute cette vase qui l'enlise dans ses noirceurs, il glisse sa main sous l'intérieur du coude offert et le serre contre lui. Et même si un léger tressaillement le trahit, ce soir, il refuse que le désagrément d'un contact l'emporte sur le bonheur de l'instant.

Ce soir, il a retrouvé le goût de contempler, la beauté d'être à deux, de se sentir un être complet. Ce soir, il va prouver, à lui et au monde entier, que l'on peut être heureux et tout envoyer chier.

Léo ne fait aucun commentaire malgré l'étonnement que ce geste anodin et significatif provoque. Ce soir, elle veut chanter, chanter fort et faux, jusqu'à en oublier la couleur de ses mots. Ce soir, elle veut danser au-dessus du vide, ce soir elle est fiancée aux lumières de Madrid.

Et c'est ce qu'ils font. Toute la nuit, de terrasse en terrasse, de bar en bar, de boîte en boîte. Et même si Agathe s'est sauvée vers 3h,

Léopoldine et Marceau eux, n'ont pas souhaité mettre un terme à leurs savoureuses bacchanales.

Le jour ne va pas tarder à se lever lorsqu'ils sortent de *La Vía Láctea*. Léo est toujours agrippée au bras de Marceau. Ils titubent légèrement et rient de rien, de tout. Du simple bonheur d'être ensemble. Marceau veut prendre un taxi mais Léo insiste pour rentrer à pied.

– A pied, mais t'es cinglée, ma pauvre fille ! Il y a au moins cinq bornes ! Et puis, tu connais le chemin, toi ?

– Tu oublies que j'ai habité deux ans ici ! riposte-t-elle.

– Oui, c'est vrai, ça va bien nous aider… pouffe Marceau.

– Je pourrais t'étonner, méfie-toi.

Ses yeux ont du mal à le fixer et sa silhouette est chancelante. Pourtant, elle est convaincue d'une totale possession de ses moyens. Les fantastiques pouvoirs de l'alcool, songe Marceau. Et comme il ne se souvient pas avoir été aussi léger de toute sa vie et qu'il lui semble l'avoir tout entière devant lui, il cède.

– Je ne demande que ça, la provoque-t-il dans une révérence approximative. Etonne-moi donc !

Léo reprend donc une marche qui se veut assurée dans une direction hasardeuse. Elle n'a aucune idée d'où Agathe habite et c'est bien le cadet de ses soucis. Ce qu'elle veut, c'est tenir le bras de Marceau et marcher jusqu'au bout du monde. Rien d'autre.

– Tu as des frères et sœurs, toi ? lui demande-t-elle.

– Oh là, oui. Une flopée. Six, c'est beaucoup trop !

– Six ! Six gamins, putain, ta mère la pauvre ! s'exclame Léo... Et ils sont tous aussi spaces que toi ?

– Avec moi, ça fait sept, j'te signale, t'es pas super bonne en maths…

– Putain sept ! La vache… Enfin, pas ta mère, j'veux dire…

– Et non, ils ne sont pas aussi *spaces* que moi comme tu dis. Ils sont plutôt dans le moule. Enfin, les filles sont *bien comme il faut*, mon frère aîné est un peu étrange, c'est vrai.

– T'es proche d'eux ?

– Non.

Mais est-il seulement proche de quelqu'un tout court ?

– Et ils s'appellent comment ?

– Gaétan-Charles.

– Tes deux frères ? plisse les yeux Léo.

– Non, je n'en ai qu'un.

– Je comprends rien… On s'assoit ? propose-t-elle en apercevant un banc dans le square qu'ils sont en train de traverser.

Marceau non plus n'a aucune envie que cette nuit s'achève. Il s'est habitué au fait qu'elle lui serre le bras et la gêne passée, il n'a plus souhaité qu'elle le lâche. Alors, il se met à raconter sa famille. Gaétan-Charles, 38 ans, l'aîné. Anne-Bérangère, 36 ans, la seconde. Lui. Puis, Aude-Marie, 32 ans. Yseult 30 ans, la cinquième. Sixtine, 26 ans *qui comme son nom l'indique est... ?*

– La chapelle ? glousse tout ce qu'elle sait Léo sur son banc.

– Ma pauvre fille... La pauvreté de ta vanne ! La sixième donc ! Et la petite dernière Eve-Adélaïde, 23 ans qui termine sa maîtrise de lettres.

– Tu déconnes pour les prénoms ?

– T'as voulu savoir...

– Et moi qui me plains du mien, à côté c'est sobre.

– *Léopoldine*, tu trouves ça sobre, toi ? la titille Marceau.

Bah ouais, par rapport à Yseult-Machin-Adélaïde-Sixtine, j'trouve !

Elle est affalée sur les lattes en bois tellement elle rigole. Si au début Marceau trouvait ce rire exubérant, dissonant, presque grotesque, aujourd'hui, il l'aime profondément. Il est vif, communicatif, vrai. Il adore l'entendre rire. Elle se redresse doucement.

– T'es plutôt gâté, toi, finalement.

Plutôt pas, pense-t-il, mais bon, le prénom oui, ça, ça va.

– C'est vraiment très beau *Marceau*. Je n'avais jamais rencontré quelqu'un qui s'appelle *Marceau* avant toi.

Un joli silence plane au-dessus de leurs têtes et une tourterelle vient se poser à leurs pieds. Elle roucoule dans leur direction. Léopoldine, qui se souvient toujours de tout, se remémore le matin de l'accrochage. Une lassitude permanente envahissait son existence. Tout était dénué de sens et d'une lenteur... Elle s'ennuyait sans cesse. Elle songe à ce matin précisément et à la solitude qu'elle avait ressentie devant le spectacle de ses deux tourterelles qui se partageaient un quignon de pain.

– Tu sais, je n'ai jamais rencontré quelqu'un d'aussi joli que toi dans ma vie, Marceau.

– Peut-être que tu t'en souviens plus, c'est tout, essaie-t-il de repousser la confidence cataplasme.

– Moi, je n'ai pas de frère, mais j'aurais bien aimé. Je me suis toujours dit qu'il aurait continué à m'aimer lui, même si je ne me souvenais de rien, pas même de lui, même si j'avais diamétralement changé. Qu'il m'aurait aidée à me souvenir, qu'il aurait passé des heures à me raconter notre vie d'avant… Et puis, il ne m'aurait pas menti.

Une larme roule sur la joue de Marceau, il l'éjecte d'un coup de tête instinctif. Chez les Dorléans, un homme ne pleure pas. Pour avoir grandi dans une famille nombreuse, il ne partage pas sa vision. Un frère est issu des mêmes géniteurs que soi, après le reste… Mais il comprend ce que Léo exprime, lui aussi aurait aimé avoir ce frère qu'elle décrit.

– Je veux bien être ce frère-là pour toi, lâche-t-il dans l'aube, sans réfléchir.

Léo pose doucement sa tête contre son épaule. Il ne s'écarte ni ne tressaille cette fois.

– Et toi, tu voudrais bien avoir une petite sœur comme moi ? demande-t-elle d'une voix frêle qu'il ne lui connaît pas.

Une petite sœur comme elle ? Ça aurait été le bonheur… Ils auraient ri, ils se seraient compris, il ne se serait pas senti à part, isolé, différent. Peut-être même aurait-elle pu l'aider ? Le protéger ? Lui donner la force de se rebiffer ?

Marceau laisse sa tête s'appuyer contre la sienne et dit seulement « Oui, j'aimerais bien. » Alors Léo avance délicatement son bras, pose son coude sur son genou et lui tend sa paume.

– Frère ?

Elle sent son sourire s'ouvrir sur ses cheveux.

A son tour, il tend lentement son bras et le revers de sa main vient se poser sur les lignes de vies de Léo.

– Sœur.

Léopoldine referme les doigts avec certitude.

Et la tourterelle reprend son chant.

CHAPITRE 18

Retrouvailles pailletées

Le lendemain soir, comme prévu, Pablo et Sandro sont arrivés accompagnés d'Almodovar, un jeune cocker noir et blanc à la taille lilliputienne. Léo s'est faite toute timide dans le couloir devant leurs effusions de joie. Agathe en a profité pour se faire pluie encore une fois, submergée d'émotions. Marceau a assisté à la scène en retrait avec une empathie fleuve. Tous ces gens qui l'avaient aimée, à qui elle avait manqué, qui l'avait cherchée, regrettée certainement… Quel gâchis ! Comment ses parents ont-ils pu sciemment la priver de cela ? Sept années de vide, de solitude, d'angoisses alors qu'elle aurait pu être entourée, épaulée, rassurée… Sept années gaspillées à la laisser en suspens sans rien d'autre que son abyssale amnésie. Une colère gronde dans le cœur de Marceau. Quel genre de monstres sont ces gens pour décider de la déposséder ainsi ?

– Marceau, tu viens ? l'interpelle Agathe, je te présente…

Délicate Agathe, magnanime et prévenante. Il aurait pu aimer une fille comme elle. Si la vie avait été différente, oui, il aurait bien aimé l'aimer.

Pablo est un grand gaillard à la voix caillouteuse légèrement efféminée. Sandro est plus frêle, plus réservé. Ses yeux dévorent Léopoldine sans retenue. Marceau se sent comme un étranger au milieu de ces quatre amis. Pourtant, c'est contre lui que Léo vient se coller sur le canapé. Il est son repère, son unique point d'ancrage pour le moment. Ce passé plein de liesse et de réjouissances qui exulte dans ce salon n'est pas encore le sien. Il n'est qu'une histoire qu'on lui raconte, des pièces manquantes que l'on place devant elle sans qu'elle ne sache quoi en faire. Marceau devine son embarras et laisse sa cuisse toucher la sienne. Il est fier. Fier d'être cet être solide sur lequel elle peut s'appuyer. Elle reprend quelques forces et se jette dans la bataille.

Agathe sort des bouteilles et de la charcuterie. Chacun raconte sa vie depuis le départ de Léa, les chemins qu'ils ont empruntés. Léo explique son dépouillement sur un ton détaché presque joyeux. Les garçons n'en reviennent pas. Ils ont mille questions qui aboutissent toujours à la même interrogation : comment est-ce possible ?

La soirée est riche de rires, de souvenirs déballés, d'alcool et de fumée. Et quand ils trinquent les mains tendues vers le ciel au bonheur de l'avoir retrouvée, au passé et à l'amitié, *Nabucco* dans la bouche de Léopoldine passe presque inaperçu.

***

Cette nuit-là, Léopoldine s'endort avec Almodovar aux pieds et cette énigme.

Oui, comment est-ce possible ?

***

Marceau fume une dernière cigarette sur le balcon avec Pablo. Il souhaite approfondir un point, la confidence que Léo lui a faite sur l'hypothétique liaison de sa mère… Pablo s'en souvient très bien, ils étaient au *Balthazar*, c'était un soir de juin. Léa n'allait pas bien, elle était en colère, comme souvent. Elle s'était isolée et fumait.

– Elle fumait ? s'étonne Marceau.

– Oui, et beaucoup !

C'est drôle, elle lui avait certifié qu'elle n'avait jamais fumé...

Pablo était venu la voir pour savoir ce qui n'allait pas.

– On était vraiment très proches, tu sais. Quand elle a disparu, ça a été très dur. Pour tout le monde. Quand je pense que j'ai cru toutes ces années que c'était une petite conne de nous avoir laissés tomber comme ça…

Elle l'avait envoyé bouler, normal, comme elle faisait tout le temps, et puis comme il était quand même resté, elle avait fini par cracher le morceau. Une copine d'enfance l'avait appelée pour lui dire qu'elle avait encore vu un homme sortir de chez sa mère, en pleine journée. Léa avait pris un air satisfait presque glorieux en lui racontant mais Pablo qui la connaissait bien avait perçu une contrariété agressive. Elle avait dit ensuite que c'était bien fait pour son connard de père, qu'elle avait vu des bleus partout sur le corps de sa mère un jour en entrant dans la salle de bain. Sur les bras, les épaules, les cuisses… Même son cou portait une trace rouge. Sa mère lui tournait le dos, Léopoldine, gênée, avait refermé la porte sans rien dire.

Plus Marceau s'enfonce dans cette histoire, plus il ressent du glauque. Léo a raison, il n'y a que du sombre chez ses parents. Doit-il lui dire pour les bleus ? Elle a semblé tellement incrédule hier… Le récit de Pablo ne laisse cependant plus sa place au doute.

Quand Marceau la rejoint dans la chambre, elle dort déjà. Le chien est pelotonné contre elle et elle l'encercle de son bras gauche. L'expression sur son visage est paisible, sereine. Il éteint la lumière et s'allonge tout habillé à côté d'elle. Il aime l'entendre respirer la nuit. Il songe à son frère dont il partageait la chambre enfant. A sa respiration à lui. A leur complicité. A ses cauchemars aussi, aux hurlements qu'il se mettait à pousser la nuit. Ça lui avait pris du jour au lendemain, il n'avait jamais voulu dire de quoi il rêvait. C'était stupide, tout le monde fait des cauchemars, Marceau ne se serait pas moqué.

Pourquoi se sont-ils tellement éloignés ? Ils ne se voient plus qu'à Noël à présent. Gaëtan-Charles est devenu un homme renfermé et sombre lui aussi. Sa femme ne doit pas se marrer tous les jours. C'est bizarre parce que sa femme est joyeuse et d'une douceur exquise. Que peut-elle bien faire avec un type pareil ? Peut-être est-il différent chez lui, plus aimable, moins taciturne. Peut-être… Pourquoi se met-il à penser à tout ça soudain, il n'y songe jamais. Sa famille et tout ce qui le ramène à cette région est un dossier clos qu'il ne rouvre jamais. Que pour des festivités obligatoires.

Pourquoi ce soir ?

Cette nuit-là, Marceau, lui aussi, fait un cauchemar.

Il ne faut pas ouvrir les vieux dossiers, ne serait-ce que les entrebâiller est un danger, il le sait pourtant.

Il sent l'odeur de cire et d'encens qu'il hait. Il sent ce visage papier de verre sur sa peau et entend la respiration grasse.

Il crie.

CHAPITRE 19

Almodovar

Il s'est réveillé à l'aube, oppressé. Il s'est levé pour observer le lever du soleil.

Un peu d'espoir sur un jour nouveau est le bienvenu.

Il s'assoit dans le fauteuil et regarde le joli spectacle des dormeurs. Le chien n'a pas bougé d'un pouce. Le museau toujours contre la joue de Léo et la patte au creux de sa main. On ne peut dormir ainsi avec un chien que si on en a eu un, c'est certain. Il n'a pas pensé à lui demander…

Léopoldine, à son tour, se réveille. Elle s'étire doucement, Almodovar lui lèche le visage en frétillant de la queue. Elle sourit de plaisir et lui rend son baiser. Les yeux toujours clos, elle plonge son nez dans ses poils et le respire à pleins poumons.

– *Consortium*, lui murmure-t-elle trop faiblement pour que Marceau n'entende. Comme tu sens bon...

– Tu as déjà eu un chien ?

Elle sursaute.

– Bon sang, Marceau, tu m'as fait peur ! Qu'est-ce que tu fous là ? Il est quelle heure ?

– Il est 8h. Je n'arrivais pas à dormir. Tu as eu un chien, assure-t-il.

– Non. Enfin, pas que je sache, replonge-t-elle ses narines dans le cou de l'animal.

– Moi, je pense que si.

– Il sent bon… Il sent un mélange de saucisson et de pop-corn, se délecte-t-elle.

Marceau se lève d'un bond.

– Répète-moi ça !

– Oh putain, Marceau ! *Consortium* !

– Oui, comme tu dis, *Consortium* ! On le tient. Habille-toi, on se lève !

– On va faire quoi ? fait-elle rouler délicatement Almodovar sur le dos pour se dégager.

– On va vérifier tous tes mots inappropriés. Je crois que chacun d'eux correspond à un seul et même sentiment. Ou situation.

Léo fait signe qu'elle est d'accord, enfile un jean et un tee-shirt. Marceau lui jette son téléphone sur le lit et ordonne :

– Et appelle tes parents, demande-leur pour le chien. T'en as forcément eu un.

CHAPITRE 20

L'alarme perçante

Les meubles de la cuisine sont en chêne foncé. Au sol, un carrelage beige en imitation pierre. Les rideaux vermillon obscurcissent considérablement la pièce. Elle est assise devant un thé Earl Grey dans une robe de chambre violine au col de satin. Lui, repose le combiné de sa main puissante, les lèvres soudées. Lorsqu'il la rejoint dans la cuisine, elle comprend que c'est grave.

– Que voulait-elle ? demande-t-elle avec aridité.

– Savoir si nous avions eu un chien.

Un silence strident mord la pièce.

– Que lui as-tu dit ?

– Que voulais-tu que je dise ? J'ai dit la vérité.

– Ce n'est qu'un chien… siffle-t-elle sournoise.

Il la fusille de son regard implacable.

– Ne te fais pas plus stupide que tu ne l'es, hausse-t-il le ton. Tu sais très bien ce que cela signifie.

Oui, elle sait.

Contrairement à lui, elle a toujours su que ce jour finirait par arriver. Lui, qui se croit toujours plus intelligent que tout le monde. Lui, et son savoir, sa *méthode*, sa suffisance et ses absences de doute !

– Elle est à Madrid, ajoute-t-il pour faire cesser cette esquisse de sourire ourlé d'ironie.

Elle ne peut empêcher son corps de se raidir. A Madrid ? Comment ont-ils pu croire ne serait-ce qu'un instant que cela allait fonctionner ? Sa gorge s'assèche et les rougeurs sur son cou la trahissent. Elle repense au jour de l'accident.

– Tu te prépareras pour 14h, nous attendons du monde, ordonne-t-il avant de tourner les talons. Et tâche de tenir encore debout cette fois, si ce n'est pas trop te demander.

Elle entend ses pas dans l'entrée, la porte claquer puis son Audi démarrer. Elle déglutit péniblement, ferme les yeux et les poings. Elle le hait.

CHAPITRE 21

Confidences en ut majeur

Marceau et Léo se sont absentés trois heures de l'appartement. Il l'a emmenée prendre un petit déjeuner et pendant qu'elle s'est enfilée des tartines à n'en plus finir, il a répertorié les mots inappropriés et les contextes dans lesquels ils étaient apparus. Ils ont ensuite marché au hasard dans la ville. Marceau a tenté de recréer certaines situations pour provoquer les mots mais il n'est parvenu à n'établir que trois rapports de cause à effet.

Kaléidoscope est le mot qui surgit lors d'un choc, d'une collision, d'un bug. *Apostrologie* est revenu par trois fois, à chaque écoute de morceau d'opéra sur le téléphone de Léo. Enfin lorsqu'il l'a invitée à décrire en profondeur les sentiments qu'elle a ressentis auprès d'Agathe, Sandro et Pablo, elle a de nouveau lâché le même *Nabucco* que la veille.

– Ça n'a pas de sens que tes parents t'aient caché l'existence de ton chien…

Non, il n'en voit pas, il a tout retourné, il ne comprend pas.

– Comment il s'appelait, ils t'ont dit ?

– Hélium.

– *Hélium, consortium*… On a une rime. Les émotions liées aux animaux sont peut-être classées en *ium*.

C'est comme ça qu'il a songé au zoo.

Sur le chemin du retour, Marceau a eu une idée. Un peu cruelle, mais parfois la science ne nécessite-t-elle pas de faire quelques sacrifices ?

Il a stoppé sa marche puis a pris une profonde respiration pour trouver le courage.

– Léo ?

– Oui, s'est-elle arrêtée à son tour.

– Il faut que tu saches… lui a-t-il dit sur un ton solennel.

– Oui…

– Je n'ai jamais été aussi proche de quelqu'un que de toi. Je peux te demander de me faire une promesse ?

Léopoldine sent son vide se remplir d'un coup. Déjà le goût des larmes inonde sa bouche. Elle hoche la tête incapable de prononcer un mot.

– Ne m'abandonne pas toi non plus.

– *Evaporatio* Marceau, bien sûr que je ne t'abandonnerai jamais…

– Yeeees ! fait-il dans un mouvement viril de victoire.

Le regard de Léo hésite entre incompréhension et colère.

– Pardon, Léo, pardon, mais je voulais vérifier aussi ce mot-là. *Evaporatio*, c'est lorsque tu ressens quelque chose de fort vis-à-vis de moi.

– Petit con ! C'est dégueulasse, lui crache-t-elle au visage. Ça te fait marrer ?

– Pardon, Léo, j'te dis, je savais pas comment faire autrement. Sois pas fâchée, allez, la supplie-t-elle.

Mais elle ne répond pas et se remet en marche avec sa cadence bien à elle et son allure d'Olive.

Marceau lui court après.

– Léo, c'est sincère.

– Tais-toi, c'est mieux.

Marceau prend une seconde fois son courage à mille mains et lui saisit le bras. Bon sang ce que c'est désagréable !

– Léo, on avance, c'est le principal, non ?

Elle se stoppe et lui fait face.

– Le principal ? Tu trouves toi ? On avance que dalle en plus ! On est bien avancés avec ta liste de mots à la con… Je ne me souviens toujours de rien, sauf qu'Agathe aime le vert. Vachement utile ! grince-t-elle.

Marceau ne voulait pas lui faire de peine, vraiment, il regrette.

– Je ne suis pas un jouet, Marceau. Je ne suis pas un animal de labo qu'on dissèque et qu'on torture à cerveau ouvert. *Consortium*, bordel ! hurle-t-elle.

Marceau se concentre pour ne pas afficher sa joie. C'est bien le mot pour les animaux. Mais il va quand même l'emmener au zoo. Ils vont y aller tous ensemble même pour multiplier les expériences.

– Je sais ce que tu penses, hein… Avec ta tronche de cul pincé ! Vas-y, dis-le ! continue-t-elle à l'engueuler.

– Dire quoi ? feint-il l'innocence.

– Que t'es content pour ton mot, là… *Consortium*. Tu me fais chier, Marceau, je t'aime beaucoup mais parfois tu me fais chier.

Mais déjà, elle sourit. Elle ne lui en veut plus.

– Et lâche mon bras, c'est bon, c'est pas la peine de te torturer !

– J'étais sincère Léo, la fixe-t-il. Je suis pas doué pour dire ces trucs-là mais je le pense. Je n'ai jamais été aussi proche de quelqu'un. Tu comptes beaucoup pour moi. Et c'est vrai que je n'aimerais pas que tu disparaisses.

Elle l'examine un moment. Elle le trouve beau. C'est drôle, il a changé de couleur. Il n'est plus gris, il est noir. Mais toujours flou. *Evaporatio*… Ça lui va bien finalement.

– Allez, viens, physicien de mes deux. On va retrouver les autres. Ceux qui sont vraiment gentils avec moi ! rit-elle de bon cœur.

***

L'après-midi, ils l'ont passée à regarder toutes les espèces d'animaux possibles. Léopoldine n'en a pas cru ses yeux. Elle n'avait jamais mis les pieds dans un zoo ! Une fois de plus, elle a été cette gamine de sept ans, subjuguée. Ça a été un plaisir pour tous de la voir cavaler d'enclos en enclos, d'aquariums en cages, de volières en bassins. Marceau s'est fait violence car il déteste les animaux en captivité. Quoi de plus affligeant que ce désir d'aller contre la nature ?

Mais ça a fonctionné. *Consortium* a été prononcé cinq fois. En quittant le parc, Léo a frappé dans la main de Marceau.

– T'es lourd, mais c'est vrai que tu fais du bon boulot ! l'a-t-elle félicité.

Elle a souhaité aller visiter une église ensuite. Là, Marceau a tiqué. Les églises, il les fuit comme la peste. Il s'est raccroché au devoir métaphysique de faire passer leurs recherches avant ses états d'âmes. La science avant tout. Peut-être y trouveront-ils quelque chose…

Ils ont erré sous les voûtes, dans les allées, autour des cierges. Marceau a essayé de concentrer ses pensées sur les réactions de Léopoldine, en vain. Toute son énergie a été happée, réquisitionnée pour la gestion de ses émotions à lui. Il n'a pas entendu lorsqu'elle a dit *Crucifixion* en admirant les vitraux.

Les membres de Marceau se sont peu à peu transformés en bloc de béton. Sa poitrine s'est compressée, l'air lui a manqué. Et lorsqu'il a senti cette odeur insupportable d'encens, il s'est enfui.

Sur le parvis, sa tête s'est mise à tourner. Sa vue à se voiler. Il s'est appuyé contre un mur et a attendu. La douleur n'a cessé qu'au bout de longues minutes.

Lorsque les autres sont sortis, il avait retrouvé quelques esprits. Pas tous.

Léo a bien vu que quelque chose n'allait pas. Elle ne l'a pas questionné et l'a laissé rester en retrait sur le chemin du retour.

Chez Agathe, il ne s'est pas joint à eux. Il a pris deux douches en l'espace d'une heure. Là, non plus, elle n'a fait aucune remarque. Ce n'est que vers 21h, à la troisième bière, place Lavapiès, qu'enfin, il a semblé aller mieux.

Ils ont enchaîné les bars à tapas puis ont terminé dans une boîte sur les hauteurs de la ville. Sandro n'a pas quitté Léo de la soirée. Agathe a dansé avec un garçon très alcoolisé et Pablo s'est fait un nouvel ami visiblement de la même orientation sexuelle que lui à en juger par leur proximité physique.

Et Marceau s'est senti seul. Seul et en colère. Seul et triste. Seul et prisonnier. Il n'est rien de pire que de sentir cette effroyable solitude au milieu d'une foule joyeuse. Il est sorti prendre l'air.

Très vite, Léo s'est inquiétée. Elle s'est mise à le chercher partout, sans succès. Au bout d'un quart d'heure, après avoir passé au peigne fin tous les recoins de l'établissement, elle a fini par sortir.

Et enfin, elle le trouve. Il est là, à une cinquantaine de mètres. Il regarde le sol, assis sur un muret de ciment. Il a le visage fermé à triple tour et les sourcils froncés. Léo s'approche lentement vers lui et pose avec douceur sa main sur son épaule.

– Ben, t'es là, je te cherche partout.

Il la dégage d'un mouvement sec, instinctif, presque brutal.

– Qu'est-ce qui ne va pas, Marceau ? demande-t-elle avec douceur.

Il ne répond rien mais reste tourné légèrement de côté comme pour éviter son regard. Elle réitère sa question.

– Je n'aime pas qu'on me touche, c'est tout.

Elle le sait bien mais ce soir, elle veut savoir.

– Pourquoi ?

– Parce que ce n'est pas agréable.

– Je n'ai pas demandé ce que ça te fait, je t'ai demandé *pourquoi*.

– C'est moi qui pose les questions.

– Pas ce soir, désolée, mec. Ce soir, c'est toi qui va mal, alors c'est moi qui t'aide.

C'est vrai qu'il va mal. A cause de cette pourriture d'odeur d'encens. Il ne tient vraiment pas la route. Une simple fumée blanchâtre et tout son équilibre vole en éclat. Il sent une rage épouvantable grimper en lui. Il se sent séquestré. Et faible. Oui faible surtout.

– Marceau… C'est moi. Tu peux me dire à moi. Tu sais que tu peux tout me dire, insiste-t-elle.

Et cette phrase, c'est la phrase de trop, celle qui fait que tout bascule. Il sent la brèche, la plaie qui s'ouvre en lui.

– Et merde ! fout-il un coup de pied dans les gravillons. Fous-moi la paix, Léo. Va rejoindre les autres, ta place est avec eux.

– Ma place est où je la décide.

– Casse-toi, j'te dis.

– Je ne te laisse pas dans cet état.

Il a beaucoup trop bu mais ce n'est pas le problème majeur. Il pleure. Léo l'a remarqué dès qu'elle est arrivée. Marceau, lui, ne s'en est même pas rendu compte. La rage occupe tout l'espace, il n'y a de place pour aucun autre sentiment. Cette rage qu'il connaît si bien et qu'il ne dompte pas. Malgré les années. Il aimerait que Léo parte, il ne veut pas qu'elle le voie ainsi, dans cette perte de contrôle pathétique qui le réduit à l'état de proie, de victime, de rien du tout...

Les dents serrées, il reformule sa demande avec plus de douceur.

– Je te le demande gentiment Léo, va-t'en, j'ai besoin d'être seul.

Léopoldine s'assoit sur le sol et s'adosse contre le muret, à trente centimètres de lui. En contrebas, la ville illuminée, derrière eux le bruit lointain des basses oppressantes. Et au milieu, le désespoir criant de Marceau.

Il lève son visage vers le ciel et y appose ses mains avec violence. Il a envie de hurler. Il aimerait tuer quelqu'un à cet instant. Mais ça non plus il ne peut pas. Cette salope de vie lui a même ôté cette possibilité.

Il tourne encore un peu sur lui-même, faisant traîner ses pieds bruyamment sur les cailloux, comme un taureau dans une arène puis se laisse tomber aux côtés de Léo.

Léo, sa bouée. Léo, sa sœur. Léo, son autre.

– J'avais huit ans… s'allume-t-il une cigarette.

Deux amoureux passent devant eux en riant, il les suit des yeux et se sent encore plus désespéré. Il sait que lui ne parviendra jamais à avoir de relation saine et équilibrée avec qui que ce soit.

– J'avais huit ans, reprend-il. J'étais un gamin parfaitement heureux, j'avais de bons parents, des frères et sœurs plein la baraque, j'aimais mes copains de classe, j'étais louveteau le week-end et j'adorais ça. Les cabanes dans les bois, les petits trappeurs, les veillées… Bref, la vie quoi.

Instinctivement, Léo s'est rapprochée de lui parce qu'elle sent que ce qu'elle s'apprête à entendre ne va pas être simple.

– J'avais huit ans quand ça a commencé.

Elle l'entend renifler et ne sait pas si elle doit parler ou se taire. Elle opte pour le silence.

– Au début, ce salaud a fait comme si de rien n'était, comme si c'était normal. De sorte que, lorsque j'ai compris que ça ne l'était pas, j'ai eu honte. Honte de n'avoir rien dit dès le début. Il m'avait piégé, cet enculé.

Léopoldine a peur de comprendre. L'idée lui est insupportable.

– On a tous été inscrits à la chorale depuis douze générations, pas moyen d'y couper. Je chantais bien, il paraît. Pff, tu parles… Il voulait me faire travailler un peu après les cours collectifs, tu vois le truc bien crade ? Cet enculé de cureton qui puait le rance et la ripaille…

Huit ans ? Léo en a un vertige. Elle aimerait le prendre dans ses bras et aussi aller buter le mec. Mais elle reste clouée les fesses sur ses graviers.

– J'ai chanté jusqu'à mes quatorze ans. C'est long. Jusqu'à ce que je sois devenu trop homme certainement, il n'a plus trouvé ma voix si exceptionnelle…

Un rire venu de ce qui doit ressembler à l'enfer s'échappe de la bouche de Marceau.

– Je n'en ai jamais, jamais, parlé à personne, Léo. Jamais.

Léo fourmille de questions pourtant elle se tait. Elle pleure en silence, dans l'obscurité, de rage et d'horreur.

Un groupe de jeunes gens, canette à la main, chahutent à quelques mètres. Le contraste entre les deux scènes est si brutal que Léo voit le mot *kaléidoscope* défiler dans sa tête. Mais elle le contient.

– Je n'en ai jamais parlé parce que c'est la honte qui a été plus forte que tout le reste. Tu te rends compte ? En plus d'être faible, je suis lâche.

Cette dernière phrase assassine la fait se lever d'un bond.

– Ok, allez, on y va.

– On va où ? demande Marceau interloqué.

– On va le buter !

Il baisse le regard et soupire.

– Rassieds-toi, petite sœur, il est déjà mort.

Elle fait deux tours sur elle-même puis se laisse tomber contre lui.

– Mais je te remercie pour ta proposition ça aurait été avec un immense plaisir, parvient-il à sourire.

– Je suis tellement désolée, Marceau, si tu savais. Je suis tellement en colère et triste pour toi. Je ne comprends pas comment on peut faire ça à un gamin… Je ne comprends pas.

Par contre, elle comprend mieux pourquoi il ne veut jamais parler du passé. Pourquoi il ne souhaite qu'une chose, l'oublier. Le fuir. Pourquoi il est si cartésien, si fermé, si obscur… Si mal. Pourquoi il l'envie aussi, de ne pas se souvenir. Comment peut-on vivre avec ça en tête ? Avec ce genre de souvenirs, comment fait-on ?

– Ne le sois pas, tu n'y es pour rien. C'est ma vie, c'est ainsi.

– Il est mort de quoi cette ordure ? demande-t-elle.

– Tu vas rire… D'un accident de chasse. Une balle perdue, il y a dix ans. Pile au moment où j'étais prêt à l'affronter et à m'en charger. J'ai pas eu de bol sur ça non plus, que veux-tu…

– Ça va à la chasse, les curés ? interroge Léo amère.

– Toutes les saloperies y vont, je ne vois pas pourquoi cette catégorie aurait dérogé.

– Mon père chasse aussi, tu as raison, confirme-t-elle dans un coup de coude.

– Tu vois… ricane Marceau.

A nouveau un silence vient siffler sur leurs têtes. Le poids du ciel noir semble s'être allégé sur celle de Marceau. Léopoldine n'apprécie guère la viscosité du serpent qui vient de s'enrouler autour de la sienne.

– Maintenant tu sais, Léo. Mais si on pouvait éviter de trop en reparler, ça m'arrangerait. J'aimerais bien continuer à être ce type un peu fort sur lequel tu t'appuies, si tu veux bien...

– Tu es le type le plus fort que je n'ai jamais rencontré. Ta confidence, elle ne fait pas de toi une victime. Mais un héros.

Elle l'entend s'abandonner contre le mur dans un rire soupir. Un héros ? Les héros sont courageux et se défendent, se débattent au moins.

Quelques images viennent encore roder, quelques odeurs, quelques douleurs. C'est Léo qui le sort de là :

– On rentre, *partner* ? Je crois qu'on a bien mérité une bonne nuit de sommeil.

CHAPITRE 22

Escopines & paréo

Quitter Sandro et Pablo a été difficile pour Léo. Leurs mains se sont tenues longtemps sur le trottoir dans d'interminables promesses.

Elle a erré le dimanche soir dans l'appartement sans savoir quoi faire d'elle. Agathe et Marceau ne se sont guère sentis mieux. Le passé a occupé le présent, laissant derrière lui un goût amer d'inachevé.

Lorsque Marceau a décidé d'aller se coucher, les filles discutaient sur le canapé. Agathe interrogeait Léo sur sa vie à Paris. Il s'est éclipsé sans les saluer, il ne souhaitait pas interrompre leurs confidences.

– Et en sept ans, tu n'as jamais eu de mec sérieux, s'étonne Agathe.

– Non.

– Toujours ton problème d'attachement ?

– Qu'est-ce que tu veux dire ?

– A l'époque, tu étais déjà comme ça. Tu ne tombais jamais amoureuse.

– Ah, ben, figure-toi qu'à présent, c'est l'inverse, essaie de rire Léo. Je tombe amoureuse tout le temps, ce sont les mecs qui ne m'aiment pas…

Agathe n'en revient pas. Comment peut-on changer aussi radicalement juste pour une histoire de mémoire. Et Léo explique… Son comportement sans mystère certainement, son enthousiasme flagrant, son désir de l'autre, de colmater son vide intérieur. Ça les fait fuir.

– Et ce mec que tu avais rencontré juste avant l'accident, il est devenu quoi ?

– Aucune idée, je ne savais même pas que j'en avais rencontré un.

– Si, si, je t'assure, c'est le dernier message que tu m'as laissé. Si tu savais combien j'ai regretté de ne pas avoir décroché ce soir-là…

– Je disais quoi au juste ?

– … Que tu le retrouvais pour dîner, que celui-là, il te plaisait vraiment… Que d'ailleurs il ne devrait pas car il avait un nom vraiment à la con, tu m'as dit comment il s'appelait mais je ne m'en souviens plus…

– C'est dommage, ça nous aurait aidés… grimace Léo.

Agathe prend une mine désolée et coupable. Elle se creuse les méninges et reprend dans un sursaut :

– Tu as même ajouté qu'avec la profession qu'il s'apprêtait à faire, normalement rien que ça, ça aurait dû être rédhibitoire, mais que non… Il te plaisait vraiment et qu'en plus c'était un super coup !

Un long silence enveloppe les réflexions de chacune.

– Et Marceau ? interroge Agathe.

– Quoi Marceau ? s'irrite Léo.

– Marceau, il t'aime, ça se voit comme le nez au milieu de la figure !

– Oui, je crois qu'il m'aime, c'est vrai mais pas comme tu crois. Nous sommes amis et je ne veux surtout pas le perdre, il est bien trop important pour moi.

Elles réfléchissent toutes deux pelotonnées dans le divan, leur thé à la main. Elles savent que cette parenthèse ne va pas durer éternellement. C'est Agathe qui aborde le sujet en premier.

– Je serai toujours là pour toi, Léa. Ne l'oublie pas. Si tu as le moindre souci, sache que tu as un endroit où venir te réfugier, d'accord ?

C'est bon d'entendre ces mots car Léo dans la vie a en permanence cette sensation de sans filet. Sans repère, sans base. Marceau puis Agathe, elle est dans une bonne passe. Les choses seraient-elles enfin en train de changer ? Elle a un sentiment inexplicable de tangibilité. Quelque chose de compact qui se forme en elle au fil des jours. Comme un début de construction. Une impression de concret noir et à la fois d'insaisissable flou.

– C'est bizarre ton histoire de vert quand même ?

– Oui… Encourageant dirait Marceau, sourit Léo.

– Tu ne veux pas qu'on essaie de trouver autre chose ?

– Comment ça ?

– Viens…

Agathe fait signe à Léo de la suivre dans sa chambre. Elle ouvre son placard à vêtements et lui demande de fouiller.

– Pour quoi faire ? demande Léo.

– Comme ça pour voir… Vas-y, regarde mes fringues, mes ceintures, mes foulards, mes sacs, inspecte tout.

Agathe, plus conservatrice que consommatrice, se dit que Léo va peut-être reconnaître des pièces de sa garde-robe. Elles se les échangeaient sans cesse. Alors Léo obéit et se met à farfouiller dans le portant. Elle attrape des chemises, des robes, sort des pantalons, touche des fibres, des lins, des velours, des élasthannes. Elle inspecte les ceintures, fait tourner les boucles entre ses doigts, caresse les foulards. Dans sa penderie à elle, pas le quart de tout ça. Elle ne sait jamais quoi acheter. Elle ne sait même pas ce qu'elle aime. Son regard est soudain attiré par des paillettes sur l'étagère du bas. Elle s'accroupit et sort un sac. Un grand cabas en toile et paillettes rose fuchsia. Il ressemble au sien. Mais pas que… Elle se retourne et interroge Agathe du regard.

– Non, dis-moi, toi. A quoi ça te fait penser ?

Léo secoue la tête lentement dans un rictus navré. Agathe s'approche d'elle et l'encourage d'un geste tendre.

– Essaie, Léa, essaie juste…

Ses yeux se posent à nouveau sur l'objet. Elle en palpe les anses, malaxe le tissu, gratte de ses ongles les strass roses.

– Une plage, je vois une plage… murmure Léo.

C'est effectivement le sac de plage d'Agathe, elles l'ont acheté ensemble à Sitgès.

– Ferme les yeux et décris-la-moi.

Léopoldine prend le temps avant de poursuivre. Elle a des images, mais fugaces. Elles se sauvent, lui échappent. Elle se concentre du mieux qu'elle peut.

– Il y a un bar rouge avec une terrasse en bois…

C'est flou, elle voit des baies vitrées et une longue plage bondée de monde. Il y a beaucoup de bruit, elle a faim.

– C'est plat et strié à la fois. Il y a des ondes claires et des roulements marron. Des *escopines*[4]. Il y a des *escopines* sur la table. Et toi, tu applaudis.

Agathe sourit d'espoir. Oui, c'est bien ça, ils étaient allés passer le week-end à Sitgès pour l'anniversaire de Pablo.

– *Allégoria*, ouvre les paupières Léo.

– Quoi *Allégoria ?*

---

[4] Petites coques revenues à l'huile d'olive, à l'ail et au vin blanc, spécialité de la région de Barcelone.

– Va chercher Marceau. Je ne bouge pas de ce placard !

Non, elle ne bougera pas d'ici. Elle l'a vue, la plage et l'a entendu, le rire d'Agathe. Elle a senti l'ail et l'odeur de la mer. Elle a vu les couleurs et les formes défiler devant elle. Encore, elle veut encore se souvenir. Une ivresse indéfinissable la fauche et l'assiège. Elle reste debout devant la penderie et se met à tout retourner. Il y a forcément autre chose. Forcément…

Lorsque Marceau entre dans la chambre du sommeil plein les yeux, il voit un bien curieux spectacle : Léo, les fesses en l'air, la tête plongée dans les habits.

– Je peux savoir ce que tu fous ?

– J'ai eu un mot en *A*, baragouine-t-elle. Et un souvenir. Je veux en trouver un autre !

Agathe explique. Le cabas, le week-end, les fruits de mer.

Léo sort un sarouel multicolore, triomphante.

– C'est à moi ! Je le reconnais, il est à moi ! crie-t-elle.

– Ouiii, rit Agathe, c'est vrai ! Il est à toi. On l'a acheté où ?

Marceau n'en croit pas ses yeux. La scène est surréaliste. Les deux filles sont accrochées l'une à l'autre et sautillent de jubilation.

– Sur la plage…

– Ouiii Léa ! Oui, sur la plage, à une asiatique qui vendait tout un tas de trucs et faisait aussi des…

– MAAASSAGES !

Elle a carrément hurlé de victoire.

– Marceau, note ! Qu'est-ce tu fous ? braille-t-elle.

– T'occupe ! Raconte encore. T'arrête pas, continue Léo.

– Il y a Pablo aussi, sur un transat et…

Elle plisse les yeux, son visage se contracte, ses poings se portent à sa bouche puis elle pousse un grognement rageur.

– J'ai plus rien. C'est parti. Je ne vois plus rien…

Et elle s'effondre, en larmes, dans les bras d'Agathe.

– Je vois plus… Je suis désolée, sanglote-t-elle. J'ai plus rien… Plus rien…

Agathe la serre fort contre elle, la berce en lui caressant les cheveux et échange un regard de désolation avec Marceau.

– Eh Léo, c'est une super nouvelle, console Marceau. Faut pas pleurer, faut se réjouir. Tu y es arrivée. Tu as eu un souvenir, un vrai premier souvenir. Détaillé, réel, un putain de vrai souvenir concret !

– Oui, Marceau a raison, Léa. C'est formidable ! Tu te rends compte ? Ça y est, tu sais faire. Tu peux y arriver !

– Vous croyez ? se détache-t-elle doucement du cou d'Agathe.

Oui, ils y croient, ils en sont certains même. Elle a réussi. A force d'exercices et de rééducation, Marceau a trouvé la faille. Ce sont les sens de Léo qui sont allés chercher ses souvenirs, pas son cerveau. Dès le début, il avait saisi cela. Il ne fallait pas essayer par le conditionnement, mais par l'instinct. C'est ce que son père avait foiré. Et ce qu'ils ont réussi. Ensemble.

Un neurochirurgien qui s'acharne pendant une année entière et qui ne réussit pas ce que lui est parvenu à faire en à peine un mois de travail. Non, ce n'est pas possible.

Marceau aura beaucoup de mal à trouver le sommeil cette nuit-là.

Et si son père n'avait pas cherché à restaurer sa mémoire mais à la lui bloquer ? Et si effectivement, cela l'arrangeait qu'elle ne se souvienne pas de son passé avant l'accident ? S'il frappe sa femme, peut-être en faisait-il de même avec elle… Pourquoi les détestait-elle tant ? On ne déteste pas ses parents sans raison. Et s'il faisait pire même ? Il sait le pire Marceau… Il y songe toujours. Pourquoi Léo avant son accident ne tombait-elle jamais amoureuse ? Avait-elle un problème avec les hommes ? Les détestait-elle tous ? Pourquoi était-elle rebelle et en colère ? Pourquoi cherche-t-on à éloigner sa fille unique à seulement treize ans, dans un pays étranger de surcroît ? Qu'avait-elle vu qu'elle n'aurait pas dû voir ?

Autant de questions qui roderont jusqu'au petit matin.

CHAPITRE 23

Départ strident

– Il faut absolument que tu te décides à rappeler tes parents. Trois fois qu'ils essaient de t'appeler depuis ce matin ! Ils doivent être morts d'inquiétude, tu ne peux raisonnablement pas les laisser comme ça !

– On dit pas *bonjour* en premier normalement ? bâille Marceau.

– C'est vrai, t'es chiant, ça fait un mois maintenant que tu les laisses sans nouvelles, mets-toi à leur place !

– Ça me regarde, Léo. Chacun ses parents, l'envoie-t-il valser.

– Et puis, il est midi, j'te signale ! Tu comptes te lever à quelle heure ? Tu t'es encore couché hyper tard, j'suis sûre !

– T'es de mauvais poil ou quoi, ce matin ? enfile-t-il un tee-shirt.

Oui, elle l'est. Depuis l'autre soir, elle n'a retrouvé aucun autre souvenir. Elles ont tout essayé avec Agathe. Ses parfums, ceux de la ville, leurs lieux fétiches, la nourriture, les musiques… Tout y est passé. Et rien ! Elle est tellement désespérée qu'elle en arrive même à penser que ça ne se reproduira plus. Et lui qui dort au lieu de la faire travailler !

– Je crois qu'on devrait partir, lâche-t-elle. On n'avancera plus ici, il faut aller chercher ailleurs.

Marceau le pense également, mais ne savait pas comment le lui annoncer et surtout l'arracher à Agathe.

– Il faudrait retrouver d'autres amies, des plus anciennes qui pourraient me renseigner sur mon enfance. Ça doit bien exister !

C'est ce à quoi Marceau occupe ses nuits, quand elle dort justement. Il fait des listings de ses camarades de classe et essaie de les retrouver. Il en a sept pour le moment. Il comptait les appeler aujourd'hui.

– Tu m'entends ? s'énerve-t-elle.

– Je t'entends, Léo. Si tu pouvais te calmer un peu et arrêter de m'engueuler, ce serait pas mal.

Déjà elle s'en veut. Pourquoi s'énerve-t-elle tout le temps comme ça depuis quelques jours ?

***

Marceau laisse le soin à Léopoldine d'annoncer leur départ à Agathe. Elle comprend et encourage même si au moment fatidique, elle pleure comme une baleine. Ils la regarderont faire des signes au milieu de la rue jusqu'à ce que la Fiat disparaisse.

– Tu ne pleures pas, toi, demande Marceau inquiet.

– Si, à l'intérieur.

C'est peut-être bon signe, ces nouvelles sautes d'humeur chez Léo. C'est peut-être sa personnalité qui se reforme, petit à petit. Il attend d'en voir plus avant de partager cette hypothèse avec elle.

Ils ont décidé de regagner Paris. Léopoldine a un doublage à faire en début de semaine prochaine. Ils s'installeront chez elle et Marceau en profitera pour terminer ses recherches concernant ses camarades de classe. Ensuite, ils repartiront. Ils verront bien qui acceptera de les rencontrer.

– On fait une halte où ce soir ? A mi-chemin ? Ça doit être Bordeaux, je suppose, ça te va ?

– Tu ne veux pas qu'on s'arrête dans notre petit hôtel à Biarritz plutôt, je me baignerais bien, propose Léo.

Non, pas vraiment...

– En plus, j'ai bien vu comment elle te dévorait des yeux la minette du soir à la réception, ce serait l'occase, glousse-t-elle lubrique.

– C'est déjà fait. C'est pour ça, si on pouvait changer d'endroit…

– Quoi ? Tu t'es tapé la gonzesse de l'hôtel ? brame-t-elle hilare, son visage à vingt centimètres du sien

– Oui, répond seulement Marceau dans le plus grand flegme.

– Ben toi alors… se laisse-t-elle retomber dans son siège. Mais quand ? Quand j'ai passé la nuit avec le mec, là, le beau gosse mielleux ?

– Oui.

– Elle était pas un peu vulgos et grassouille, dis-moi… ?

C'est plus une moquerie qu'une question.

– Je t'emmerde, ma chère Léopoldine, au moins, elle n'était pas mielleuse, ça je peux te l'assurer.

– Oh la vache… Avec tes petits airs de pas y toucher… Qui veut jamais lâcher un mot sur le cul. Eh ben, tu es plein de ressources ! Elle ressemblait à ça aussi, ta Blandine ?

– Oh là non, rit-il. C'était tout l'inverse. Rien qui dépassait, ni un cheveu, ni un bout de sein. Une bonne petite Versaillaise, tu vois ?

Et il ne sait pas pourquoi mais il se met à lui raconter ses choix en terme de copine stable et ses choix en terme de plan cul. Léo est estomaquée.

– C'est fou de s'obliger à être avec des gens avec qui on n'a pas envie d'être tout simplement parce qu'ils rentrent dans les bonnes cases.

Oui, il sait… Il le sait depuis longtemps, mais il n'arrive pas à s'en affranchir.

– Et si tu avais été gay, tu te serais quand même forcé à être avec une nana pour être ce que tes parents espèrent que tu sois ?

– Oui, Léo, c'est effroyable, mais je pense que oui.

Oui, ça l'est, songe-t-elle. La geôle de ce garçon… C'est d'une tristesse !

– J'ai une idée ! clame-t-elle.

– Oh merde…

– Je sais où on dort ce soir ! attrape-t-elle le GPS.

– Je t'écoute.

Mais elle ne répond pas, entre une nouvelle destination et le remet sur son socle accroché au pare-brise.

– C'est bon 19h12, ça ne fait pas trop tard… commente-t-elle.

– Trop tard pour quoi ? interroge Marceau en essayant de lire les indications sur l'écran.

– En plus comme ça, ils seront rassurés, lâche-t-elle satisfaite.

– La Rochelle ! T'es cinglée ! hurle-t-il. Ah non, Léo, je te préviens, c'est hors de question. Je n'ai aucune envie d'aller chez mes parents et encore moins avec toi ! Tu n'as même pas idée de l'ambiance poussiéreuse qui règne là-bas. C'est un endroit pour s'entraîner à mourir ! Je te donne une espérance de vie de vingt minutes.

– Comme sur la bande arrêt d'urgence des autoroutes ?

– Pire ! scelle-t-il.

Marceau laisse le silence s'installer puis craque.

– Mais qu'est-ce que tu veux aller foutre chez mes parents, bon sang ?

– Leur dire qui tu es !

– Leur dire qui je suis ? Rah… Mais t'es vraiment cinglée.

– Pourquoi pas ? demande-t-elle.

– Parce que je n'ai aucune envie de leur dire qui je suis ! Voilà pourquoi ! Parce que je fais semblant depuis toujours pour avoir la paix et que c'est pas une petite écervelée dans ton genre qui va tout foutre en l'air.

– Charmant… grogne-t-elle. Bon t'as jusqu'à Bordeaux pour réfléchir. Je vais dormir un peu.

– C'est tout réfléchi !

Elle se recroqueville contre la portière et, avant de fermer les yeux, ajoute :

– Tu sais Marceau, parfois les efforts que l'on fait pour dissimuler les choses en pensant avoir ainsi la paix sont souvent nettement supérieurs au désagrément de ne pas l'avoir.

– Qu'est-ce que tu veux dire ?

– Que parfois pour avoir la paix, il faut seulement dire les choses.

– Qu'est-ce que t'en sais, toi ? persifle-t-il.

– C'est comme le vert bouteille. Je le sais, c'est tout.

CHAPITRE 24

Parenté osbscure

– Léopoldine, vous souhaitez davantage de sauce ?

– Non, ça ira, je vous remercie.

Non seulement elle n'aime pas la moutarde mais alors le lapin, c'est sa bête noire.

– C'est le plat préféré de Marceau, heureusement que j'en avais au congélateur ! Maintenant que nous ne sommes que deux, lorsque je fais un lapin, je congèle des petites barquettes que je sors à l'occasion, lorsque j'ai des invités. C'est bien pratique, ajoute-t-elle en prenant place sur sa chaise cannée.

Il n'avait pas tort Marceau, la soirée va être longue. Le tic-tac régulier de la pendule de l'entrée rythme le bruit des couverts dans la porcelaine des assiettes.

– Alors, donc, vous étiez à Madrid ? demande son père à son fils.

– Oui, chez une amie de Léo. Nous y sommes restés quinze jours. Léopoldine y a fait ses études de droit.

Marceau se sent affreusement engoncé depuis qu'il a passé la porte de la demeure familiale. Il a jeté ce détail en pâture afin d'alimenter une conversation agréable aux oreilles de ses parents.

– Vous avez fait du droit, alors ? Et que faites-vous comme profession ? interroge le père en reposant son verre de vin délicatement sur la nappe blanche à l'amidonnage impeccable.

– Je suis *Voix*. Je n'ai pas poursuivi dans cette branche, répond Léo qui se débat avec son râble.

Le naturel de Léo…

Alors le père interroge, Léopoldine explique, la mère s'en mêle, Léo détaille, cite des exemples et l'esprit de Marceau s'évade.

Pourquoi a-t-il accepté ? Pourquoi s'est-il infligé cela ? Il n'aime pas être ici, il n'aime pas cette maison, ni son odeur ni ses craquements et encore moins les souvenirs qu'elle lui renvoie. Pourtant il a décidé de faire confiance à Léo. Affronter pour une fois. Ne pas être ce lâche qui fuit tout le temps, qui occulte, qui tait. Trouver ce courage qui lui fait défaut. Pour une fois, une seule fois dans sa vie. *Pour avoir la paix, il faut dire les choses*, a-t-elle dit dans la voiture. C'est cette phrase qu'il a retournée dans tous les sens pendant qu'elle dormait à poings fermés.

Oui, ce qu'il aimerait, c'est qu'on lui foute la paix. Qu'on n'attende rien de lui et qu'on le laisse vivre sa vie comme il l'entend. D'ailleurs, comment l'entend-il ? Ne pas s'obliger à être en couple avec des filles froides comme des fjords, ne pas travailler pour des projets qu'il ne cautionne pas, ne pas faire semblant d'être un autre, ne plus aller à la messe de Noël et accepter de se trahir en communiant, ne plus aller à aucune messe d'ailleurs, ne plus jamais mettre les pieds dans une église sauf peut-être pour y pisser dans le bénitier !

– Marceau ! répète son père pour la troisième fois.

– Hein, oui, quoi… Tu disais ? sort-il de ses pensées dévorantes.

– Il a toujours été comme ça, Marceau, dans la lune, l'excuse sa mère. Son grand-père était comme ça aussi, il lui ressemble beaucoup.

– Je te prie de m'excuser, Papa, que disais-tu ?

– Je te demandais si, demain matin, tu pouvais me donner un coup de main. Je me fais livrer mes cinq stères de bois. Le père Landoreau devait m'aider mais il s'est fait un tour de rein. Alors, puisque tu es là, si ça ne t'ennuie pas…

– Non, bien sûr que ça ne m'ennuie pas.

– Je te préviens, mon fils, toi qui a du mal à sortir du lit, faudra se lever tôt pour une fois, il livre à 7h ! commente sa mère un plateau de fromage à la main.

Le regard que Léo appose sur son nouveau frère est plein de pitié. Ses gens ne savent rien de lui. Marceau n'a pas du mal à sortir du lit, il est insomniaque, bande d'abrutis ! Comment peut-on être aveugles à ce point-là ? Non, merci, elle ne veut pas de fromage, elle n'a plus faim, elle voudrait seulement se tirer de là. Il avait raison Marceau, ils n'auraient pas dû venir. C'est de sa faute. Petite conne à croire qu'il suffit de dire pour avoir la paix… Dire quoi au juste ? Ils ne lui ont même pas demandé comment il allait. Ni ce qu'il était allé faire à Madrid. Il l'a présentée comme une *amie*. Ils n'ont pas cherché à en savoir davantage. Ils n'ont pas évoqué sa rupture, ni son travail. Ils sont restés en surface de tout. Non merci, elle ne veut pas de dessert non plus. Elle est triste. Elle voudrait le sortir de ce dîner qui n'en finit pas. La bande d'arrêt d'urgence, c'est rien à côté !

La mère les installe dans des chambres séparées. Les draps sont humides lorsqu'elle s'y plonge. Elle détestera passer cette nuit loin de Marceau. Elle haïra les bruits de cette maison, sa solitude qui en profite pour revenir à la charge et le cratère tombal qui la constitue.

***

Léopoldine s'est réveillée tard. Une odeur de chou s'échappe déjà de l'étage inférieur. Elle tire le rideau et observe à travers la vitre Marceau et son père terminer de rentrer le bois sous l'appentis. Ils partiront après le déjeuner, c'est ce qu'ils ont décidé en se souhaitant bonne nuit hier soir. Elle s'est excusée de l'avoir emmené dans ce traquenard. Il lui a dit de ne pas s'en faire.

***

Le déjeuner n'a été guère plus concluant que le dîner de la veille. Même le menu lui a déplu.

Ils ont abrégé le café et pendant que Léo a rassemblé ses affaires, Marceau est allé seul saluer son père dans son atelier, au fond du jardin.

Ils s'embrassent avec pudeur et distance puis se séparent.

Marceau a presque atteint le cerisier lorsqu'il entend son père confier :

– Pour tout te dire, je ne l'appréciais pas tellement Blandine.

Marceau se retourne, surpris, puis sourit.

– Pour tout te dire, moi non plus.

– Et puis pour ton travail, tu sais, je sais que tu ne t'y plaisais pas, tu as bien fait. C'est important un travail.

Marceau sent une émotion ingérable l'engloutir. Répondre lui est techniquement impossible. Il cligne des yeux et offre un sourire de remerciement. Les deux hommes échangent un long regard qui ne fait qu'augmenter la confusion de Marceau.

– Tu devrais passer voir Claude Falineau, il me demande toujours de tes nouvelles lorsque je le croise.

Marceau ne saisit pas l'intérêt soudain de son père pour les relations de bon voisinage.

– Tu sais que son fils, le plus jeune, Loïc, s'est suicidé en début d'année ? ajoute-t-il.

Non, Marceau ne le sait pas. Quelle horreur.

Son père s'est remis à balayer.

– D'un coup de fusil de chasse, complète-t-il en se concentrant sur le sol.

Marceau ne sait pas pourquoi mais il veut s'en aller. Il veut quitter ce jardin, cette maison, cette ville, cette région. Il veut retrouver Léo et son rire qui claque dans les airs.

Il veut de l'air, de l'espace, du vide.

– Prends soin de toi, Marceau, entend-il en se retournant.

CHAPITRE 25

Sombres aveux

Léo l'attend dans l'allée, appuyée contre l'aile de la Fiat. Lorsque Marceau apparaît, son prénom est à nouveau gris. Gris clair même et pire que flou. Il est poussière.

– Monte ! lui ordonne-t-il sèchement.

– Ça ne va pas ?

Marceau ne répond rien. Déjà, il démarre.

Il a compris.

Son cerveau a traduit les propos de son père mais tous ses mécanismes de défenses se mettent en branle pour bloquer le traitement des informations. Il sent la puissante vague de chaleur arriver et sa poitrine commence à se faire douloureuse. Sa mâchoire est verrouillée, aucun mot ne peut en sortir.

Léo se tait.

Ils passent le portail, suivent la route départementale jusqu'au carrefour, tournent à droite sur la nationale en direction de Niort puis roulent jusqu'à la sortie du village. Marceau ralentit puis se gare devant la dernière maison. Léo observe ses doigts crispés sur le volant. Il tire le frein à main puis descend de la voiture.

– Attends-moi là, c'est mieux, je reviens.

Elle suit ses pas sur les dalles bétonnées qui mènent à la porte d'entrée blanche en pvc. Son index se pose sur la sonnette et son regard s'accroche au bout de ses chaussures. Ses épaules sont rentrées et ses poings serrés. Un homme ouvre, lui pose une main sur l'épaule, puis l'invite à entrer. La porte se referme derrière eux.

Qu'est-ce qu'ils foutent là ? C'est qui ce mec ? Pourquoi ne lui a-t-il rien dit ? Qu'est-ce que son père a bien pu lui dire pour le retourner ainsi ? Léopoldine détaille la triste maison. La façade décrépie est d'un gris sale, les volets usés opalins et la porte étonnamment neuve fait naître sur sa langue ce reconnaissable goût de pétrole. Elle s'enfonce dans son siège et pousse un long soupir. Mouais, pas brillant tout ça… Ils stagnent. Qu'est-ce qu'elle attendait au juste de cette visite chez ses parents ? Une libération ? Une révolution ? Une déclaration ? Des aveux ? Elle ne sait même pas… La prochaine fois, elle se les gardera pour elle, ses idées lumineuses… Comme si Marceau avait besoin de ça ! Et elle, elle en est où, elle ? Trois pauvres images de plage, le vague souvenir d'une voix, la découverte d'un vieux chien… Elle est bien avancée !

Au loin, les cloches de l'église sonnent 15h. Un petit vent balaye la cime des arbres, le ciel est bleu, le soleil lui chauffe le bras droit qu'elle a posé sur la portière. Ils n'avancent peut-être pas, mais elle se sent bien. Enfin, mieux. Grâce à Marceau. Uniquement grâce à lui. Aucune rencontre ces sept dernières années ne l'a remplie ainsi. Personne ne s'est intéressé à elle. Et lui… Lui, avec tous ses souvenirs moribonds. Malgré tous ses secrets, son mal-être, ses démons, il est celui qui lui donne. Qui lui offre. Qui se démène pour elle. Elle se sent poupée de chiffon. Inutile et sans vie. Que pourrait-elle faire pour lui, elle ? Comment pourrait-elle l'aider, lui apporter à son tour ? Peut-on secourir quelqu'un lorsqu'on est vide ? Elle en est là lorsque la porte de l'entrée s'ouvre à nouveau. Marceau en sort, serre une poignée de mains longue comme un jour sans pain puis regagne le véhicule.

Léo le laisse redémarrer, parvient à patienter une minute et douze secondes puis craque :

– Marceau, merde, explique-moi !

– Laisse-moi un petit temps de récupération s'il te plaît, Léo.

– Dis-moi au moins ce qu'on fait, où on va et pourquoi ?

C'est vrai quoi ! Elle se sent fâchée à présent. Il l'écarte. Ils n'étaient pas censés être partenaires ?

– On va à Poitiers. Chez mon frère.

– Ton frère que tu ne vois jamais ?

– C'est ça. Tu voulais connaître ma famille, non ?

Oui, mais pas comme ça… Elle est désolée sur son siège en cuir, Léo. Elle est triste. Et seule. Et en colère. Alors, elle s'endort. Et quand elle se réveille, une demi-heure plus tard, elle a faim.

– On s'arrêterait pas acheter un truc à manger ? J'ai la dalle…

– Ah, oui, c'est vrai que les mioches, à 4h ça goûte ! répond-il cyniquement.

– Ecoute Marceau, j'ai été patiente jusque-là, mais je ne vais pas me farcir ton humeur de chien bien longtemps. Tu m'emmerdes ! Je vois bien que tu es en colère. Et triste. Et mal. Mais si tu ne me dis rien, moi je ne peux pas t'aider… C'est toujours pareil avec toi, dès que y'a un truc qui te contrarie tu deviens méchant. Je t'ai rien fait, moi, c'est dégueulasse.

Elle croise les bras sous sa poitrine et affiche une mine de coffre-fort. Marceau ne répond rien mais trois kilomètres plus tard, il met le clignotant.

– Qu'est-ce tu fous ?

– Je vais faire le plein. Et puis comme ça tu pourras aller t'acheter un goûter.

Elle n'a plus faim. Il est trop con. Mais quand il s'arrête devant la pompe, elle sort de la voiture parce qu'il l'énerve trop. Elle claque la portière violemment et pénètre dans la station-service.

Lorsqu'elle en ressort quelques minutes plus tard, un paquet de biscuits fourrés au chocolat à la main, elle le trouve en train de fumer.

– Pardon, Léo. Je te demande pardon.

Elle jette un coup d'épaule hargneux dans l'air.

– Tu sais, c'est ce concept débile de faire subir son énervement aux gens dont on est le plus proches parce que c'est facile, s'approche-t-il d'elle.

– Oui, bah, c'est naze.

– Tu as raison. Je te demande de m'excuser. Je vais t'expliquer, mais c'est difficile. Je viens de m'en prendre plein la gueule.

– T'en veux un ? lui tend-elle le paquet de gâteaux.

– Ils font ça les mômes ? Ils proposent une offrande en guise de réconciliation ?

– Putain, ce que t'es lourd…

– Allez, monte, je vais t'expliquer.

Il la regarde faire le tour de la voiture avec son air de petite fille vexée. Comment raconter ce qu'il vient d'entendre sans vaciller ? Comment expliquer qu'il s'est gouré sur toute la ligne ? Qu'il n'a rien compris, rien vu, rien deviné pendant toutes ces années… Putain ce qu'il a mal.

***

C'est Gaétan-Charles qui a tout déclenché.

C'était une veille de Noël. Ils arrivaient avec sa femme de Poitiers pour passer les fêtes chez leurs parents. Il tournait à l'angle de la rue des Fontaines pour s'engager dans celle de l'église. Il était 18h30 environ. Il pleuvait. Un enfant a surgi de nulle part, il a croisé son regard affolé dans le faisceau de ses phares blancs. Pour avoir été sienne, il connaissait cette expression de peur. Il a regardé en direction de l'église, à vingt mètres sur sa droite, et il a vu la porte du presbytère encore ouverte. Il se tenait là, solide, épais, sordide. Comme avant. Comme toujours. Gaétan-Charles a ravalé sa rage comme on avale une lame aiguisée, puis a suivi la course du gamin suffisamment longtemps pour le reconnaître.

C'était le petit Loïc. Loïc Falineau. Ils étaient reconnaissables, les Falineau avec leur allure d'échalas et leurs visages taillés à la serpe.

Gaétan-Charles s'était senti mal toute la soirée. L'expression du môme lui était revenue sans cesse. La nuit avait fini d'achever le moindre doute. Au petit matin, il était allé frapper chez Claude. Et lui avait dit l'indicible. L'homme avait tordu son visage de douleur, avait fait craquer ses poings sur la toile cirée de la table de la cuisine puis avait servi deux cognacs.

Le soir, la messe de minuit avait eu lieu. Les familles d'Orléans et Falineau s'étaient saluées. Le père Bournezeau avait officié, les paroissiens avaient prié puis communié. La chorale avait chanté. Claude et Gaétan-Charles, eux, avaient autopsié chaque mouvement, chaque regard, chaque rictus qui aurait pu trahir. Sur le parvis, au son des cloches qui, par groupes de cinq, sonnaient la Carmélite, le destin du père Bournezeau s'était vu scellé par un échange d'œil noir, sans appel, perdu dans la foule. Claude Falineau sut ce qu'il avait à faire. Gaétan-Charles cautionna.

Ce fut le jeudi suivant. Le jour des saints Innocents, comme la vie est cynique.

La veille, Falineau s'était arrangé pour croiser Bournezeau et lui avait proposé, comme souvent, de l'accompagner à la chasse. L'autre avait accepté d'une mine réjouie de charcutier qui venait d'égorger un cochon. Falineau n'en avait pas fermé l'œil de la nuit. Le lendemain, ils avaient marché un bon quart d'heure et quand Claude avait jugé qu'ils s'étaient suffisamment enfoncés dans les bois, il avait mis en joue l'homme d'église.

Il l'a fait mettre à genoux sur le tapis de feuilles encore gelées et l'a fait avouer. Ce serait mentir que de dire qu'il n'a pas éprouvé un certain plaisir à la lecture de l'angoisse morbide sur le visage gras. Ce plaisir délictueux de la vengeance qui n'appartient qu'aux hommes. Il a savouré les tressaillements de son menton pointu, les distorsions grotesques de sa bouche qui suppliait, ses larmes de repentance. Il a songé à son fils qui, lui aussi, avait dû connaître la peur, l'impuissance et la fatalité. A cette pensée, Falineau n'a plus été seulement ce père meurtri dans sa chair et dans son âme, mais un être tout puissant, investi d'une mission punitive.

Sanguinaire. A la frontière de la barbarie. A coups de crosse anglaise dans les testicules, il l'a forcé à parler, à raconter, à se déverser en détails jusqu'à l'inaudible. A quatre pattes sur le sol, le pantalon souillé, il l'a regardé implorer le pardon. Falineau l'a obligé à marcher ainsi, telle la bête difforme qu'il était. Et quand le spectacle et les aveux lui ont porté au cœur, il lui a ordonné de se relever et de courir à travers bois sans se retourner. Bournezeau a hésité. Etait-ce son heure ou son salut ? Dans un sursaut de survie, il s'est mis à courir en conjurant le ciel. Sans se retourner.

Claude, 38 ans, charpentier, marié depuis 16 ans à Angélique, père de Nolwenn, Elsa et Loïc a armé son Darne[5] calibre 12, a visé sa proie qui trébuchait sur les branches mortes puis a appuyé en toute conscience sur les queues de détente. Deux gerbes de chevrotines sont sorties des canons rutilants et la multitude de plombs est allée se nicher dans les poumons, les reins et la moelle épinière du prêtre. L'homme, à seulement huit mètres, est tombé à terre dans un râle animal qui a empli le chasseur de satisfaction.

Falineau l'a regardé agoniser jusqu'à ce que l'hémorragie ait raison de lui et qu'un filet de sang vienne border sa bouche libidineuse. Puis il a vomi.

La suite ? D'une facilité déconcertante… Claude a appelé ses amis en renfort. Il a feint la panique du stupide accident de chasse. Le bois

---

[5] Marque de fusil de chasse Stéphanoise de notoriété mondiale.

aux abords des vignes, un chevreuil surgi de nulle part à folle allure, la précipitation, le tir trop hâtif dans une direction approximative... le drame. Le docteur Giveau a rédigé l'acte de décès sur place, les gendarmes sont venus puis il y a eu la garde à vue… L'enquête a conclu à un accident, un de plus. Au printemps suivant, Claude Falineau a été condamné par le tribunal correctionnel de La Rochelle pour « homicide involontaire» à six mois de prison avec sursis et la presse locale a titré : « La fin tragique du père Bournezeau ».

C'était il y a 10 ans. Loïc venait de souffler le même nombre de bougies. Il en a tenu dix supplémentaires. Et malgré la justice que lui avait rendue son père, il n'a pas trouvé la force de survivre à ses traumatismes.

Le premier janvier de cette année, après une nuit claire comme tant d'autres, le gamin devenu adulte est allé dans la remise, a chargé le même Darne et a tiré à son tour. Dans sa propre gorge. Celle qui avait accueillie tant de fois cette ordure de Bournezeau et avec laquelle il ne supportait plus de cohabiter.

Lorsque Marceau a quitté Claude tout à l'heure, il a compris.

Il s'est remémoré la scène où son frère, Gaétan-Charles, l'avait chopé contre le mur du palier en lui demandant s'il aimait vraiment chanter et pourquoi il continuait à aller à cette putain de chorale. Marceau s'est revu nier. Il avait trop honte. Il était resté seul, muré dans son secret alors que son frère partageait les mêmes supplices.

– Le malheur peut-il faire cela, Léo ? Rendre aveugle et con à ce point ?

C'est dans cette interrogation fielleuse que Marceau achève son récit.

Mais Léo sanglote, le nez contre la vitre. Elle n'a pas de réponse. Seulement une rage indescriptible et une peine sans fond. Quelque chose de fangeux qui s'insinue dans sa gorge à elle aussi, la pénètre jusqu'au fond de ses entrailles. Un mal qui résonne au loin, qui ricoche dans ses non-souvenirs.

Un dam fugitif qui la leste de tous ses détroits.

CHAPITRE 26

Gaétan-Charles

Karine ne peut cacher sa surprise lorsqu'elle ouvre la porte de leur jolie maison de ville. C'est une femme charmante, à l'aube de la quarantaine. Une douceur pétillante illumine son visage parsemé de taches de rousseur.

– Mais entrez, entrez… Je suis très heureuse de te voir Marceau…

Elle semble sincère. Il y a dans son timbre bien plus de chaleur que dans celui des deux parents de Marceau réunis. Elle les invite à pénétrer dans le salon taupe rempli de plantes vertes. La pièce est claire et l'atmosphère agréable.

– Gaétan s'est absenté un moment mais il va revenir. Il va être content de ta visite, rassure-t-elle.

Ses grands yeux noisette sont gorgés de bienveillance. Ses cheveux dégradés dansent au rythme de ses mots. Léopoldine la détaille ; sa silhouette menue, son jean délavé, son pull ample moutarde et ses boots de motard. Elle envie cette harmonie visuelle et éprouve instantanément une profonde affection.

Marceau les présente. *Karine, ma belle-sœur. Léopoldine, une amie.* Il y a de l'authenticité dans la poignée de main qu'elles échangent. Karine ne pose pas de question, elle sourit seulement.

– Comment vas-tu, Marceau ? J'ai appris… Pour ton travail… Et pour le reste.

Elle a la délicatesse de ne pas mentionner le prénom de Blandine. Son regard traduit une palpable inquiétude. Les sentiments qu'elle éprouve à l'égard de Marceau sont perceptibles pourtant elle a pris soin de ne pas l'embrasser ni de le toucher. Elle a retenu son geste spontané dans l'entrée et l'a laissé mourir dans un abandon élégant. Sans gêne, avec une complaisance contenue. Léo lui en est reconnaissante.

– Tout va bien, Karine, ne t'inquiète pas. Et toi comment vas-tu depuis Noël dernier ?

– Je vais bien. Nous allons bien… On vient de finir la chambre du haut, ça nous a occupés un moment, mais c'est joli, on est contents.

Gaétan-Charles et Karine n'ont pas d'enfant. Ils voyagent et retapent leur maison. Comme personne ne pose jamais aucune question dans la famille d'Orléans, tout le monde y va de son petit commentaire. La mère pense que Karine ne peut pas en avoir, le père que le problème vient de son fils et les frangines sont divisées. Celles qui apprécient Karine la plaignent, les autres la dégomment. Marceau, lui, s'en fout. Enfin, il s'en foutait jusqu'à aujourd'hui. Il lui semble comprendre davantage en ce samedi de juillet.

Lui non plus ne souhaite pas avoir d'enfant. Projeter sciemment un marmot sur cette terre ? Il en serait absolument incapable…

La porte s'ouvre avec fracas dans un « Kinou, tu veux bien venir m'aider ? Putain ça pèse une tonne ! » Karine leur sourit puis se précipite vers son mari qui tente de faire passer à reculons une méridienne vermillon dans l'embrasure de la porte. Marceau n'a jamais entendu jurer son frère et encore moins cette intonation joyeuse sortir de sa bouche. Léopoldine, amusée, s'est levée également.

– Vous voulez de l'aide ? propose-t-elle spontanément.

Karine embrasse la bouche de son époux. Surpris par la proposition émanant d'une voix qui ne lui est pas familière, il pose la banquette au sol.

– Ton frère est là, l'informe Karine. Je te présente Léopoldine, une amie.

Ce n'est pas seulement le visage de Gaétan-Charles qui se crispe, c'est tout l'ensemble de son corps.

– Qu'est-ce que tu fais là ? Il est arrivé quelque chose ? interroge-t-il anxieux.

– Non, il n'est rien arrivé. Je passais par là, c'est tout, se contente de répondre Marceau.

Même si c'est faux. Il ne va pas lui balancer l'histoire de la fiente de Bournezeau là, comme ça, dans l'entrée sur sa causeuse de velours. Il va attendre un peu. Il va faire preuve de plus de finesse. Oui, mais… Comment va-t-il aborder le sujet ? Et comment va-t-il parvenir à lui dire ? Qu'il sait… Qu'il est trop con, qu'il regrette… Où va-t-il trouver la force de lui raconter à lui ? Va-t-il lui raconter ? Tiens, oui, c'est étrange parce qu'en sortant de chez Falineau, l'idée s'est imposée comme une évidence ; il devait aller voir son frère, tout de suite, sans délai, telle une question de vie ou de mort. Mais pour quoi ? Pour lui dire quoi ? Pour y chercher et y trouver quoi ? Sa réaction a relevé de l'instinct. Et maintenant que dire ?

Et il est là, les bras ballants à les regarder tous les trois s'arc-bouter pour faire passer le satané divan.

Quand la porte de l'entrée est refermée et le mastodonte enfin sur le sol de l'entrée, Gaétan-Charles s'avance vers son frère.

– Alors, tu passais par là ? demande-t-il cynique.

– Si on veut.

– Tu sais que tout le monde ne parle que de toi ? T'en as foutu un sacré binz, qu'est-ce qu'il t'a pris ?

Qu'est-ce que ça peut bien lui foutre ? Depuis quand il s'intéresse à ce qu'il fait ? Marceau regrette déjà d'être venu... Qu'est-ce qu'il croyait ? Que l'animosité qui règne entre eux depuis toutes ces années allait se dissiper à la simple évocation d'un accident de chasse ? D'un connard de prêtre lubrique ? C'est au petit gars sympa avec qui il partageait sa chambre et à ses billes qu'il a pensé à l'écoute du récit de Claude.

Pas à ce type outrecuidant et acerbe qu'est devenu son frère au fil du temps.

– Laisse tomber, je n'aurais pas dû venir. Léo, on y va !

Karine est venue se poster près de son mari et lui a pris la main avec douceur.

– Personne ne va nulle part. J'ai une bouteille de Chablis au frais et des brochettes d'agneau à ne plus savoir quoi en faire… Et puis ce n'est pas parce que vous êtes deux idiots que je devrais être punie, moi. Léopoldine, vous en pensez quoi ?

Les deux frères se toisent mais déjà les phalanges de Karine semblent avoir eu un effet apaisant sur Gaétan-Charles. Marceau, quant à lui, ne desserre pas les dents. Léo ne sait quoi répondre, à part peut-être qu'elle adore l'agneau. C'est une viande très étonnante car elle change de couleur. Deux fois : et quand on la prononce et quand on la mastique. Elle cherche le regard de Marceau enfoncé dans celui de son frère. Pour être honnête, elle n'a aucune envie de partir. Elle aime cette maison, elle aimerait bien discuter avec Karine et observer ce qu'elle a en elle. Elle a l'air toute remplie. Au-delà de ça, il faut que Marceau ait une conversation avec son frère, elle est persuadée que ça le délivrera.

Elle hoche la tête en guise d'approbation.

– Très bien, scelle Karine. Alors pendant que vous terminez de faire les petits coqs, messieurs, nous, les filles, nous allons acheter un dessert en ville. Vous connaissez Niort,

Léopoldine ? Une petite bourgade sans prétention, loin de rien, proche de tout, une ville par laquelle on passe, sans réellement s'y arrêter parce qu'il y fait bon vivre, mais où il n'y a rien de particulier à voir… A part, bien sûr, les augustes marais Poitevins.

Elle continue la description jusque sur le trottoir d'en face où sa voiture est stationnée. Léo est heureuse de partir avec Karine mais inquiète de l'extrême tension qu'elle a ressentie chez Marceau.

– Ça va aller tous les deux, vous pensez ?

– Ce qu'il leur manque c'est de passer du temps ensemble. Rien ne peut leur faire plus de bien, à l'un comme à l'autre, assure-t-elle en mettant le contact.

***

Gaétan-Charles est allé chercher deux bières dans le réfrigérateur puis ils se sont installés dans le jardin. Marceau a attendu dix minutes avant de se lancer.

– Je sors de chez Claude Falineau…

Gaétan-Charles a senti les bulles de sa Leffe lui racler anormalement la gorge.

– Comment il va ?

– Mal.

Ses lèvres plongent à nouveau dans la mousse.

– Sa femme est partie, ajoute Marceau. Je ne sais pas s'il tiendra le coup bien longtemps.

– Je ne parierais pas cher non plus là-dessus.

Le silence caresse la pelouse déjà jaunie par l'écrasante chaleur de ce mois de juillet.

– C'est ta nouvelle copine ?

– Léo ? Non… sourit Marceau avec tendresse. C'est une amie. Une simple amie. Que j'aide. Et qui m'aide…

– C'est déjà pas mal dans cette foutue vie d'avoir des gens sur qui compter.

– Elle est amnésique. On essaie de refoutre la main sur sa mémoire. Autant te dire un boulot à plein-temps !

Gaétan-Charles lui jette un œil en coin puis ricane avec franchise :

– Tu as toujours été un drôle de type !

– Je sais que tu l'as toujours pensé.

– Ce n'est pas le cas ?

– Certainement, je ne sais pas, peut-être…

Un nouveau silence les englobe, oppressant cette fois.

– Et, il t'a dit quoi Falineau exactement ?

Marceau réfléchit, analyse puis condense :

– La vérité.

Le bruit que la gorge de son frère fait en se raclant lui plante un poignard dans les poumons.

– Bien… conclut-il comme pour digérer l'information.

– Je ne savais pas, Gaétch. Et même si c'est difficile à croire parce que ça fait vraiment de moi le roi des abrutis, il faut que tu me croies, c'est important, je ne savais pas.

Gaétch, depuis quand ne l'avait-il pas appelé ainsi ? Il termine sa bière d'un trait.

– Moi, je savais. Toi, moi, Falineau ou un autre, l'important n'est pas là. L'essentiel est que quelqu'un ait mis un terme à ses saloperies.

Marceau sait qu'il a raison, pourtant une culpabilité aspire l'intégralité de son réseau sanguin. Lui, n'a rien fait, il n'a protégé personne, n'a pas dénoncé, ne s'est même pas opposé, a nié même. Et toujours cette honte tapie dans l'ombre qui se jette sur lui à la moindre occasion.

– Je suis tellement désolé, Gaétan… Tellement désolé…

– Désolé de quoi ? D'avoir été un gamin innocent qu'avait rien demandé ? D'avoir croisé la route de cette raclure ? Tu n'as pas à l'être, je t'assure.

Gaétan-Charles a soudé ses molaires et serré ses phalanges contre le verre. Marceau sent la colère de son frère se mêler à sa propre impuissance.

Il se tourne vers Marceau, pose sa main sur sa nuque et, dans un mouvement brutal qui le met immédiatement mal à l'aise, lui assure, droit dans les yeux, comme s'il se parlait à lui-même :

– Tu n'étais qu'un gosse… Tu n'étais qu'un gosse, bordel ! Comment t'aurais pu deviner ? Ou même te défendre ? Comment faire le poids ?

Alors, lui non plus ne s'était pas défendu… Et même si cette pensée est insoutenable, elle est rassurante.

– Et à qui le dire ? Et comment le dire ? poursuit-il.

Marceau se dégage lentement car c'est trop. Sa tête commence à tourner et l'oxygène lui échappe.

Son frère lâche son emprise, puis lui sourit.

– Je ne t'en veux pas, Marceau. C'est à moi que j'en veux. J'étais le plus grand, j'aurais dû te protéger. Je ne l'ai pas fait. Pire, je t'en ai voulu de ne pas me faire confiance. Mais comment peut-on encore faire confiance quand ceux en qui on est censé le faire nous trahissent ?

Ils ne disent plus rien pendant un long moment. Ils regardent les moineaux virevolter dans les airs et se poser sur les fils électriques au bout du jardin.

Au milieu du malaise, un léger soulagement. Le grand frère n'a pas fait mieux que lui… Marceau n'est pas pire qu'un autre, pas plus lâche, pas plus faible.

– Je sais seulement qu'il est mort dans un malencontreux accident de chasse, relance Gaétan-Charles. J'espère juste qu'il a souffert ce qu'il faut avant.

– Ça avait l'air… Disons que Falineau ne lui a pas fait de cadeau. Il a obtenu des aveux et des supplications avec l'option humiliation.

Et rien qu'à cette évocation, les deux fils d'Orléans respirent mieux. Au-delà du procès, de la sentence et de l'exécution, il y a reconnaissance et réparation.

Et réconciliation.

En cette soirée d'été 2016, autour d'un Chablis grand cru et de succulentes brochettes d'agneau-caméléon mariné au citron, le petit jardin exposé plein ouest et ses bougies aux lueurs flamboyantes accueillent les jolis rires expressifs des filles légèrement pompettes.

Et Marceau et Gaétan-Charles redeviennent frères.

Ils enterrent le passé et pactisent avec l'avenir.

Et Léopoldine est heureuse, heureuse comme elle ne l'a jamais été de toute son existence. Avant ou après l'accident. Elle en est certaine. Un bonheur vert bouteille, palpable et rond.

CHAPITRE 27

Paris en pente rouge

Le lendemain, ils ont regagné Paris.

Léopoldine a été angoissée à l'idée de retrouver son appartement et ses fausses habitudes qu'elles pensaient rassurantes. Sa vie n'a plus la même couleur depuis son départ. Elle est passée d'acier froid à indigo pour être à présent d'un jaune soufre aveuglant.

Marceau à l'inverse est apaisé. Investi pleinement dans la mission qu'il s'est confiée. Les pages de son cahier bleu noircies à plus de la moitié et une ligne directrice solidement établie. Il n'a même pas songé à Blandine. Seulement à la petite réceptionniste qu'il regrette d'avoir malmenée. La prochaine fois, il se promet d'essayer de teinter ses échanges charnels d'un peu plus d'empathie et de bâillonner cet esprit vengeur mal ciblé.

Léo s'est levée tôt afin de se rendre au studio d'enregistrement situé près du Palais Royal. Lorsqu'elle a refermé la porte, Marceau était déjà affairé à ses recherches, c'est à peine s'il l'a vue. Elle aurait bien aimé pourtant échanger quelques mots apaisants avec lui. Elle qui affectionne tant les doublages de vrais films, bien plus que les pubs ou les voix stupides de dessins animés, ce matin, elle y va à reculons. Pourtant, c'est un film espagnol d'un réalisateur au talent incontestable, avec qui elle a déjà eu la plaisir de travailler par deux fois. Le directeur de plateau l'a choisie pour ses correspondances vocales et physiques avec l'actrice principale. Tout est donc rassemblé pour faire de ces quatre jours une réussite mais elle se sent mal. Elle sait qu'elle va encore faire émaner d'elle des sons qui ne lui appartiennent pas et pour la première fois, ça ne l'amuse plus.

Lorsqu'elle pénètre dans le studio, son angoisse s'intensifie. Le producteur est présent, et ça, elle n'aime pas. Déjà coller à toutes les exigences artistiques du réalisateur relève de l'exploit mais alors répondre en plus aux soucis d'économie de la prod, c'est énergivore. Quand son agent pousse la porte avec fracas, en retard comme à l'accoutumée, c'est la goutte d'eau ! Et pendant qu'ils n'en finissent pas de se saluer, tous, plus condescendants et exaspérants les uns que les autres, Léo s'extrait à pas minuscules du cercle agité, piégée, acculée par autant de surveillance et d'attentes.

… Et des cris d'enfants se mettent à résonner dans sa tête. Une vision de cour d'école s'impose, ça cavale dans tous les sens, ça joue, ça rit… Puis apparait une grande bâtisse carrée au toit aplati et aux hautes fenêtres.

– Allô ? Léa, y'a quelqu'un ? s'impatiente son agent qui prononce son nom de scène pour la troisième fois.

Léo la regarde hébétée. Qu'est-ce que c'était que ça ? Marceau, il faut qu'elle appelle Marceau.

– Eh ben ma grande, les breaks ça te réussit pas, surenchérit-elle dans une grimace aussi écœurante que sarcastique. Bon, tu veux un café avant d'attaquer ?

– *Alexandra*, vocifère dans les aigus Léopoldine d'une voix enfantine.

L'assemblée s'immobilise sous le cri strident puis la dévisage. Elle porte ses mains à sa bouche et une gêne infinie se répand dans la pièce capitonnée. Elle s'excuse dans un balbutiement et s'échappe en courant maladroitement. Marceau, il faut qu'elle dise cela à Marceau. Elle compose à la hâte son numéro mais tombe sur son répondeur. Et encore et encore. *Rappelle-moi Marceau, c'est hyper urgent. Est-ce qu'il y avait une Alexandra dans mes copines de classe ? Putain, mais pourquoi tu ne réponds pas…*

C'est un souvenir. Comme celui de la plage. C'est flou, mais c'est un souvenir. Elle donnerait n'importe quoi pour se casser de là. Elle n'a plus du tout envie de caler sa voix à celle d'une autre, de s'approprier son jeu, sa respiration, ses tics gestuels qui font la précision des intonations. Elle ne veut plus jouer à être d'autres, elle veut être elle.

Son cerbère d'agent vient la houspiller dans le couloir et l'invite à retourner *immédiatement* dans le studio. Et à s'excuser. *Elle est cinglée, non ? Elle se rend compte de la chance qu'elle a de bosser avec des gens comme eux ? Six mois qu'elle est sur le coup, elle, alors c'est pas une sale gamine qui va tout ruiner pour un caprice. Qu'est-ce qu'elle a d'ailleurs, on peut savoir au juste ? A faire sa star, là ! Ce n'est qu'un doublage, elle le lui rappelle, pas d'Oscar ni de tapis rouge, alors, elle va la mettre en veilleuse et aller bien gentiment réciter son texte.*

Léo est tellement en colère après cette sombre conne qu'à part *Ta gueule*, rien ne lui vient. Elle la laisse là, séchée par l'insulte, ses grands airs en suspens.

– Je vous prie de bien vouloir m'excuser, messieurs. A présent, je suis prête, nous pouvons commencer.

Coup de bol, la première scène est celle de l'agression. Elle en profite pour déverser sa rage sans retenue, ce que tout le monde juge du plus bel effet. La deuxième prise seulement est la bonne, fait suffisamment rare pour être notifié. Pour la seconde scène, c'est plus compliqué. Il s'agit d'une longue dispute, calme et posée, avec un partenaire masculin. Elle n'aime pas sa voix, elle la trouve fluorescente et sifflante. Tous ces *s* qui sortent de sa bouche la déconcentrent. Elle essaie mais rien n'y fait. A la vingt-cinquième tentative, l'ingénieur du son, à bout de patience, leur propose de jouer réellement la scène, tant pis, il les suivra à la perche. C'est mieux mais pas totalement concluant.

Léo n'aime pas être approximative dans son travail. Mais ce mot inapproprié, *Alexandra*, d'un bleu presque électrique qui rode dans son cerveau l'empêche de se focaliser sur son jeu. Lorsque le réalisateur annonce qu'ils feront une pause après avoir bouclé la scène de la boîte de nuit, Léopoldine est déjà bien fragilisée. Le technicien lance la bande image et son texte défile sur le prompteur. Il n'est pas difficile et cette fois-ci, elle est seule. Les autres voix seront montées ultérieurement comme souvent. Mais lorsque son personnage descend les marches qui mènent au petit caveau, elle éprouve un vertige. Les escaliers sont sombres et elle distingue une faible lumière rouge qui lui assèche la bouche. Et cette musique insupportable… Pourquoi avoir choisi de mettre une musique d'opéra sur une scène de discothèque, c'est absurde ! En plus du vertige, des ombres sphériques pourpres s'agitent et lui compriment le cerveau. Sur l'écran noir est inscrit en blanc : *Bonsoir, je ne pensais pas te trouver ici…* Mais, tel un crachat, c'est le mot *ad libitum* qui sort de la gorge de Léo.

– Coupez ! braille le producteur. Qu'est-ce qu'il vous prend mademoiselle ? Ça ne vous ferait rien de vous cantonner au texte ? Adam, s'adresse-t-il au technicien, on la refait.

Léo est en nage. Elle sait pertinemment ce qui va se passer. Ça va faire comme dans la chambre à Honfleur… Elle n'y arrivera pas.

Mêmes escaliers, même obscurité, même lueur rouge, même musique, même texte.

– *Mémorandum !* s'entend-elle hurler.

– Vous le faites exprès ? l'accable-t-il d'un regard violacé. Vous avez une idée du prix de la location de ce studio à la journée ? Alors, vous arrêtez de faire l'idiote, parce que ça n'amuse que vous ! On fait une pause de dix minutes ! balance-t-il à la cantonade en claquant la porte.

Quatre paires d'yeux réprobateurs se jettent sur Léopoldine. Elle a envie de pleurer. Comment expliquer qu'elle ne fait pas exprès, qu'elle ne contrôle pas ces maudits mots. A son tour, elle se sauve de la pièce et fonce appeler Marceau. Messagerie. *Marceau, qu'est-ce tu fous, bordel ? J'ai besoin de toi… J'y arrive pas… Rappelle-moi…*

Elle ne peut pas les planter, c'est inconcevable mais elle ne peut pas non plus rester, c'est au-dessus de ses forces. Elle tremble, elle a peur sans pourtant parvenir à identifier de quoi. L'air lui manque et un dégoût physique la contamine.

C'est le réalisateur qui vient à son secours. Il la connaît, il sait sa rigueur habituelle et son implication.

– Vous avez un problème, Léa ?

– Oui, grelotte-t-elle.

– Rentrez chez vous.

– Vraiment ?

– Oui, nous poursuivrons demain. Ça arrive, ne vous en faites pas.

Elle le remercie d'un regard si désespéré que l'homme note la beauté de l'expression pour la retranscrire dans un prochain film.

Léopoldine ramasse son sac et s'enfuit à toutes jambes.

***

Lorsqu'elle pousse la porte de son appartement, elle y trouve Marceau dans le couloir qui brandit une feuille de papier.

– J'en ai retrouvé seize ! clame-t-il victorieux.

Mais Léo relève la tête et le plaisir de Marceau est dc courte durée. Elle est en larmes. Elle se met à lui hurler dessus dans de profonds sanglots.

– Et pourquoi tu ne me répondais pas ? J'avais besoin de toi, moi ! lui assène-t-elle un coup de poing sur le torse.

– Hey, hey… Léo, qu'est-ce qu'il y a ? Qu'est-ce qu'il se passe ? Calme-toi… la laisse-t-il s'effondrer à contrecœur sur son épaule.

– Je n'ai pas pu. Je me suis ridiculisée… Les mots inappropriés, ils m'ont empêchée de jouer… Ils sont sortis et ils ont pris le contrôle. Ça ne m'était jamais arrivé avant. Et toi, tu ne répondais pas… J'avais besoin de toi…

Marceau ne saisit pas tout mais devant l'ampleur du chagrin, une énergie nouvelle vient saisir son bras et entoure Léo. Il parvient même à la bercer quelques instants.

– Excuse-moi, je n'ai pas dû entendre mon téléphone. Je suis là maintenant. Allez, c'est terminé, viens me raconter…

Les larmes roulent encore un moment mais elle explique. Le souvenir de la cour d'école, *Alexandra*, les images d'escaliers, la lumière rouge, le vertige, la musique classique et les ombres pourpres, son sentiment intense de malaise, les mots en *um*, le connard de producteur qui lui a crié dessus et sa conne d'agent qu'elle va virer sur-le-champ. Et sa peur surtout et ce haut-le-cœur irrépressible.

Marceau note tout. Il pense que c'est une très grande journée, mais il garde cette réflexion pour lui. A la place, il dit qu'il l'accompagnera demain et que tout ira bien. Qu'ensemble, ils gèreront les mots inappropriés et son angoisse.

Enfin, il retourne dans l'entrée, attrape le papier qu'il a laissé sur la console puis le met sous le nez de Léo.

– Troisième en partant du bas : *Alexandra Humbert*, elle vit toujours à Annecy. C'est un vrai souvenir, ma Léo. Je l'appelle tout de suite.

***

La semaine s'avère difficile mais ensemble, ils parviennent à dompter le passé de Léopoldine et le surmontent. L'équipe ne se gêne pas pour leur faire sentir que la présence de Marceau n'est pas la bienvenue mais force est de constater qu'elle est utile, alors, ils finissent par s'y habituer jusqu'à l'oublier.

***

Alexandra Humbert se souvient très bien de Léopoldine. Elles ont passé toute leur primaire et leurs années collège ensemble. *D'ailleurs, on ne peut pas dire que c'était du goût des parents de Léo, ah ça non ! Une fille des bas quartiers qui traîne avec celle d'un médecin, vous imaginez ? Ça faisait tache... Mais on était inséparables. Et ça on n'y peut rien ! L'amitié, c'est comme ça, on ne choisit pas. En amour, on ne choisit pas non plus, pas vrai ? Ah, ça, si on pouvait choisir, je n'en serais pas là !*

Marceau a eu beaucoup de mal à en placer une pendant la conversation téléphonique mais il a récolté les informations qu'il souhaitait. La fille la connaissait, et même très bien, il leur fallait la rencontrer au plus vite. Ils ont convenu d'un rendez-vous, le dimanche suivant. *Venez pour le café*, a proposé Alexandra, *j'ai vraiment hâte de la revoir...* Il a ordonné du regard à Léo de venir lui parler, à plusieurs reprises, mais elle a refusé catégoriquement.

Face à l'angoisse de ses yeux bleus, Marceau a abdiqué.

Léopoldine est restée prostrée dans son canapé à réfléchir toute la soirée. Tous ces gens qui ont jalonné sa vie et pourtant ce vide infini dans lequel on l'a plongée depuis son accident. Elle tourne et retourne sans cesse les mêmes réflexions. Pourquoi ? Dans quel but ?

La nuit s'achève dans une totale et absurde absence de sens.

Et cette peur toujours plus intense qu'elle sent gronder au fil des jours…

CHAPITRE 28

Damien Cobardé

Lorsqu'Agathe pénètre dans son appartement ce jeudi soir, il fait une telle chaleur qu'elle file sous la douche immédiatement.

Sous le jet d'eau frais, elle songe à ce garçon qu'elle a rencontré ce matin pendant la réunion. Lorsqu'elle lui a serré la main, elle a ressenti comme une vibration. Quelque chose de frêle et de massif à la fois. *Directeur des finances*, lui a-t-on précisé. Il faudra qu'elle se renseigne. Cela fait bien longtemps qu'elle n'a pas été troublée ainsi. Elle en a un peu assez de ne tomber que sur des mecs sans intérêt. *Mauvais casting*, comme aurait dit Léa. Agathe est ainsi, son cœur d'artichaut s'emballe sur le premier looser venu. Ça dure depuis la maternelle et ça la fatigue…

D'ailleurs tout la fatigue depuis le départ de Léa, elle n'a plus le cœur à rien. L'avoir retrouvée et puis cette sensation à nouveau de perte. Elle se sent lasse. Exceptionnellement, elle a décidé de ne rien faire ce soir. Seulement de rester en douce léthargie égoïste le nez dans un bon bouquin en compagnie d'un melon, d'une Pata Negra cinco jotas et d'une bonne bouteille de Tempranillo qu'elle espère tannique comme elle les aime.

Elle s'est installée confortablement au balayement lent des pales de son ventilateur et dévore le livre d'une jeune auteur, encore méconnue mais talentueuse, que sa sœur lui a fait parvenir en cadeau par la poste la semaine passée. La couverture lui a plu dès qu'elle a ouvert l'enveloppe. Noir profond et bleu éclatant, sobre, énigmatique et ce titre étrange surtout « (...) Trop peu ». Elle aime cette histoire en huis-clos, sur la retenue. Le personnage central, une certaine Chloé, d'une grande fragilité et pourtant avec ce côté désabusé que peuvent afficher ces gens à côté de leur vie et en manque de réels ressentis, lui rappelle Léa et son mal être. Elle en est à sa première tranche de jambon, à la seconde de melon et au troisième verre de vin, quand à la page 61, elle se souvient !

Cobarde ! Le mec qu'avait rencontré Léa avant son accident s'appelait Cobarde ! Ce qui signifie *lâche* en espagnol. D'où l'adjectif qualificatif de *nom à la con*.

Elle se jette sur son téléphone et compose le numéro de Léa. L'appel demeure sans réponse. Elle cherche Marceau dans sa liste de contacts puis l'appelle à son tour. Lui, décroche. Agathe raconte, surexcitée en faisant des va-et-vient dans le grand salon fournaise. La canicule, la douche, sa fatigue, le bouquin de Loli Artésia, cette histoire poisseuse de huis-clos, la lâcheté du gars et le nom du petit ami de Léa.

Marceau s'est réfugié dans la chambre pour ne pas réveiller Léo qui s'est endormie au milieu de ses coussins. Il retourne dans le salon, attrape son ordinateur, s'installe sur le lit et frappe le nom sur son clavier. *Cobardé*, le moteur de recherche affiche *Environ 9 840 000 résultats*. Il tente de réduire en croisant *Cobardé avec Annecy*, *11 300 résultats*. Il félicite chaleureusement Agathe et promet de rappeler dès qu'il aura du nouveau.

Il lui faut plus de trois heures et demie avant de tomber sur quelque chose d'intéressant. Ce n'est pas à Annecy qu'il trouve son bonheur, mais à Lyon : *Dr Damien Cobardé, Neurochirurgie et chirurgie du rachis ... www.clinique-charcot.fr/dr-cobardé-damien-neurochirurgie-et-chirurgie-du-rachis/*

Et là, dans l'esprit de Marceau, ça fait tilt. Neurochirurgien ! La profession rédhibitoire ! Mais bien sûr… Il est persuadé que c'est lui, il griffonne à la hâte le seul numéro de téléphone qu'il trouve et traverse le couloir pour l'annoncer à Léo.

– Léo… Léo… la secoue-t-il avec empressement, son ordi sous le bras.

– Hum, mais quoi… râle-t-elle la bouche molle.

– Léo, ton mec d'avant l'accident, je l'ai ! Je l'ai retrouvé !

– Hein… relève-t-elle la tête péniblement, mais de quoi tu parles, quel mec ?

– Le mec dont tu t'étais amourachée à Annecy, celui dont tu avais parlé à Agathe… Elle s'est souvenue, il s'appelait *Cobardé*. *Lâche* en espagnol, ça pour un nom à la con ! Ça te dit quelque chose ?

– Putain, mais vous dormez jamais vous, sans déconner ?

Marceau s'assoit sur le bord du canapé, obligeant Léo à en faire de même, pose son pc sur ses genoux, ouvre l'écran et montre du doigt :

– Damien Cobardé, 34 ans, plutôt beau gosse, brun, yeux verts, neurochirurgien à Lyon.

– Tu déconnes ? en laisse-t-elle tomber sa mâchoire inférieure.

– La profession rédhibitoire. C'est lui, c'est sûr.

– T'as appelé ?

– Il est trois heures du mat', Léo, la rabroue-t-il. On va plutôt aller se coucher. Mais demain, c'est prévu, à la première heure.

Léopoldine fait déjà les cent pas sur le parquet.

– Et c'est toi qui appelle, ajoute Marceau.

– Mais pourquoi ? supplie-t-elle.

– Tu le sais très bien. Et c'est non négociable. Sur ce, bonne nuit, jeune fille, demain on se lève tôt car on part à Lyon.

– Ben, et Alexandra ? On ne va plus voir Alexandra ?

– Si si, dimanche. Avant c'est retrouvailles et week-end d'amoureux, l'entend-elle ricaner. Alors, au lit !

Déjà retrouver des amis… Mais alors un ex… Léopoldine se sent toute perdue sous ses moulures de plâtre immaculées. Elle va à la fenêtre et observe les quelques voitures qui traversent la grande avenue à l'angle de sa rue. Et si ce n'était pas lui ? Et s'il ne se souvenait pas d'elle ? Qu'allait-elle apprendre ? Allait-elle apprendre quelque chose ?

Elle ressent toujours cette peur mais cette nuit, elle se fait plus douce. Elle n'est plus ce torrent de cailloux assourdissant vermillon mais plutôt une simple tramontane harmonieuse gris argent.

Et Marceau se fait de moins en moins flou.

CHAPITRE 29

Les sens sans dessus dessous

– Pour un mec qui voulait se lever tôt ! aboie Léo en tirant les rideaux jaunes de la chambre. Il est 10h, on part dans 30 minutes. On a rendez-vous à 17h sur la presqu'île.

Elle n'a presque pas dormi, trop angoissée à l'idée de téléphoner à cet inconnu qui est censé la connaître. A 6h, elle s'est fait un café en décortiquant le profil dudit neurochirurgien. Sa tête ne lui dit vraiment rien. Elle a essayé sur toutes les photos consultables sur le net, rien. Elle s'est concentrée comme Marceau le lui a appris, rien. A 8h pétantes, elle a appelé la clinique, une boule-oursin au ventre. *Le docteur sera là à partir de 9h.* Elle a laissé un message qu'elle a qualifié de très urgent. *Rappeler Léopoldine Fontaine.*

S'il s'agit bien de lui et s'il se souvient d'elle, il rappellera. Elle a attendu sans bouger sur la chaise en bois de la cuisine. Quarante-deux minutes. Puis elle a rappelé pour ajouter qu'elle s'appelait Léopoldine mais que le docteur la connaissait peut-être sous le prénom de Léa, que c'était important de préciser. La secrétaire médicale sur un ton agacé a assuré qu'elle *préciserait*. Elle a patienté encore vingt-et-une minutes assise en se triturant les mains, le nez dans le ciel composant des musiques à la danse des nuages menaçants. Lorsque sa sonnerie a retenti, elle s'est cristallisée et un silo lisse est venu la compacter vers le carrelage. Elle a tendu la main et a décroché.

– Allô…

– Léa ? Léa, c'est toi ? C'est vraiment toi ?

C'était une voix mate et vert sapin. Une voix massive, agréable. Oui, c'était elle. *Je t'ai cherchée, tu sais…* Non, elle ne savait pas. Comment aurait-elle pu savoir ? Pouvaient-ils se rencontrer ? Elle avait des questions à lui poser. Elle s'est montrée succincte dans ses explications, n'expliquant que le nécessaire. Damien a accepté. *17h ? Cela lui convenait-il ?*

Marceau est fier de sa coéquipière. Elle a appelé, sans qu'il la relance.

Il s'est senti inquiet toute la semaine pour elle. Son découragement n'avait jamais été aussi palpable. Même l'appel à son amie d'enfance hier soir n'avait pas suffi à gommer sa lassitude. C'est l'apparition soudaine de ce Damien qui a amené le vent d'espoir. Ce nouvel élément a-t-il réveillé quelque chose d'inconscient au fond d'elle ? Ils verront…

Le trajet est long et laborieux. Léo insiste pour conduire. Elle parle beaucoup. Trop. Trop fort. De manière complètement déstructurée. Elle enchaîne mot inapproprié sur mot inapproprié. Marceau note et Léo s'énerve. Elle commente tout. Les panneaux, le nom des sorties, la conduite des autres automobilistes, les couleurs des voitures, les chansons qui passent sur les ondes. Celle-là est chiante parce qu'elle est violette, celle-ci trop carrée… Il la laisse faire et continue d'écrire dans le cahier bleu. Depuis l'épisode du studio d'enregistrement, il a remarqué qu'elle associe systématiquement les sons à des couleurs. Il n'y avait pas prêté attention auparavant. Il a lu un article sur ce phénomène au début de ses recherches à Honfleur, mais il ne s'en souvient plus très bien. Il s'agissait de personnes qui ont la particularité de voir la musique, en formes et en couleurs. Il faudra qu'il le retrouve, il y a peut-être une piste à suivre.

Au péage de Belleville, elle est épuisée. C'était couru d'avance, à s'exciter de la sorte. Marceau bataille pour reprendre le volant afin qu'elle se repose un peu. Elle refuse, évidemment. Il évoque une certaine clarté d'esprit utile à la rencontre qui l'attend. Elle souffle plus que de raison, râle, le vilipende puis se range sur le bas-côté. Elle s'endort sitôt la voiture redémarrée.

Léo est un petit animal. Une proie pour elle-même. Elle subit ses réactions. Elle ne maîtrise rien de rien, jamais. Elle est dans une autodestruction permanente et involontaire.

Etait-elle ainsi lorsqu'il l'a rencontrée au petit matin rue de Rennes ? Il lui semble que non. Pas de la même façon en tout cas. Elle semblait plus légère, plus détachée. Plus… Marceau cherche le mot exact. Il aime trouver le mot juste. Approprié. Il sourit. *Approprié…* Vide, c'est le mot qui convient. Elle était plus *vide*. Oui, c'est cela, elle est en train de se remplir, sa petite Léo. De cueillir ses souvenirs.

Il la regarde avec affection, relâchée, vulnérable, enfantine. Sa frange qui ballotte au rythme de l'asphalte, ses gambettes disproportionnées recroquevillées contre la portière. Une épaisse bouffée d'amour vient gonfler son cœur rétréci. C'est si bon que ça en fait presque mal. Il a envie de pleurer soudain. Il l'aime tellement. A-t-il déjà aimé quelqu'un autant ? A-t-il seulement réellement aimé avant elle ?

A croire qu'il ne suffisait que ça, qu'il ne suffisait que toi... Une foi intense déborde, enfin libre d'être moi... Je me noie dans ces flots sincères qui me nettoient de tout cet amer en moi.

Ces phrases s'imposent à lui, comme une petite litanie, une douce poésie. Il avait cela enfant. Des jolies tournures venues d'on ne sait où qui apaisaient ses nuits d'angoisses. A l'adolescence, il s'était mis à écrire. Des poésies, des paroles de chansons qu'il consignait et cachait dans un carnet. Bleu. Au fil des ans, ces mots s'étaient faits plus rares, s'étaient délités puis avaient disparus. Plus rien n'était venu adoucir sa solitude et ses souvenirs. Seules la honte et la culpabilité étaient demeurées. Pourquoi réapparaissaient-ils maintenant ?

Et je me jette au bout du monde, je m'embraque avec toi, comme l'eau de pluie à la mer suit le lit qui me ramène à toi...

Sur ces pensées d'une beauté et d'une clairvoyance renversantes, ses yeux se mettent à déborder. Il peut. Il a le droit. Il se l'octroie. Il vient de traverser beaucoup de choses. En très peu de temps. Il lui semble que sa vie entière se démêle au contact de Léo. Toute sa vie se déroule devant lui, en rouge étincelant comme elle ajouterait sûrement…

– Ben, tu pleures ? le fait-elle sursauter.

Instinctivement, il tourne la tête vers la vitre et s'essuie d'un revers de main maladroit.

– On arrive. Tu ferais mieux de remettre tes grolles, se débat-il d'un timbre qui se veut affirmé.

– Mais oui, tu pleures ! se penche-t-elle vers lui. Qu'est-ce qu'il y a ?

– Trouve-nous un hôtel plutôt.

– Non.

– Quoi non, tu veux dormir à la belle étoile ?

– Non, je veux que tu me dises ce que tu as.

– Fous-moi la paix, tu veux bien, se renfrogne-t-il.

– J'ai été méchante ?

Une enfant…

– Le monde ne tourne pas autour de vous, mademoiselle Léopoldine Fontaine. Et ce n'est pas parce que nous partageons nos nuits et nos jours que nous ne pouvons pas garder quelques menus secrets l'un pour l'autre ?

– Parce que j'en garde des secrets pour toi, moi peut-être ?

– Léo, je t'assure, stop. C'est bon là, clôt-il l'éventualité d'un début de conversation.

Léo sent que oui, c'est bon là, faut arrêter l'interrogatoire. Elle ne supporte pas de le voir triste, Marceau. Ça lui arrache le cœur. Elle l'aime tellement. A-t-elle déjà aimé quelqu'un autant ? A-t-elle seulement réellement aimé avant lui ?

***

Vers 16h, ils déposent leurs bagages dans un petit hôtel du 2ème arrondissement choisi pour son emplacement central et pour son nom évocateur « L'Alexandra ». Léo, à contrecœur, se refait une beauté, sur les conseils insistants de Marceau. Quant à lui, privé de réseau, il cherche désespérément à se connecter au wi-fi de l'hôtel. Il veut remettre la main sur cet article qui explique le fait de voir la musique en couleurs.

– Il est moins dix, Marceau, arrête avec ce truc, on va être en retard, il faut y aller.

Marceau relève le nez de son pc et la regarde d'un air étonné.

– Ah non, non, jeune fille, il y a méprise ! TU vas y aller sinon TU vas être en retard. Moi, je reste là, j'ai du boulot.

A son regard paniqué, il comprend que la partie va être difficile à remporter. Elle démarre aussi sec :

– Oh non, Marceau… Tu peux pas me faire ça.

– Assieds-toi et écoute-moi, tapote-t-il le couvre-lit.

Elle s'exécute fébrile, les épaules basses.

– Léo, on ne se rend pas à ce type de rendez-vous avec quelqu'un, tu comprends ? Ça va le braquer, c'est sûr. Et nous ce que l'on veut, c'est qu'il soit le plus détendu du monde pour te livrer le plus d'informations…

Les yeux de Léo sont perdus dans l'épaisse moquette beige.

– Tu n'es pas d'accord avec moi ?

– Si, murmure-t-elle. Mais j'ai la trouille, Marceau. Je ne sais même pas à quoi il ressemble, je ne vais pas le reconnaître. Et si ça se passe mal ?

– Il va te reconnaître, lui. Et qu'est-ce qui peut mal se passer ? Explique-moi ? A quoi tu penses ? Quel serait le pire scénario ?

C'était un collègue qui lui avait raconté que son psy lui conseillait de faire ça lorsqu'il était en proie à ses crises d'angoisses. S'imaginer le pire scénario qu'il soit. Cette visualisation mentale crevait l'écran de protection qu'était la peur. L'angoisse n'avait alors plus lieu d'être. Il s'en était servi une fois ou deux et ça avait plutôt pas mal fonctionné.

– Il sera le seul à se souvenir. Moi, je ne sais pas ce que j'ai fait avec lui. Je me sens toute nue, tu comprends ?

– Pas plus qu'avec Agathe, s'étonne Marceau.

– Ben si, gros malin !

– Comment ça ?

– Oh Marceau ! s'énerve-t-elle, mais c'est pas possible d'être aussi intelligent et aussi niais en même temps ! Le sexe ! Je parle de sexe !

– Aaaah, ça… Pourquoi c'est un problème, soudain ? Je croyais que tu n'avais pas de souci avec ça.

– Mais je n'ai pas de problème avec ça ! monte-t-elle sur ses grands chevaux.

– Bon, ben parfait alors. Il est 17h, maintenant tu es en retard, donc c'est lui qui te reconnaîtra lorsque tu arriveras. Je garde mon téléphone à portée de main, si tu as le moindre problème, j'accoure dans la minute tel le chevalier blanc.

– Pfff, tu m'énerves… siffle-t-elle en se relevant.

***

Marceau a dû attendre six longues heures avant de recevoir de ses nouvelles. Il est passé par toutes les phases. L'excitation tout d'abord, l'impatience ensuite, puis le doute, auquel a succédé le regret et enfin l'inquiétude.

Le wi-fi, après trois visites à la réception et l'intervention d'un technicien, a fini par fonctionner. Il a rapidement trouvé l'article qu'il recherchait et a pu mettre un mot sur ce qu'exprime Léo : la synesthésie. Il est resté dans la chambre jusqu'à 20h30, plongé dans les maigres articles incomplets et vulgarisés sur le sujet. Il a terminé par des extraits de conférences trouvés sur YouTube. A présent, il en est certain, Léo est synesthète. Comment a-t-il pu passer à côté de cette information ? Tout s'explique à présent… Sa double classification des mots, par couleur et par forme. Ses histoires de chien, de pop-corn et de charcutaille, ses chansons bleues ou violettes, les motifs qu'elle attribue aux personnes selon leurs traits de caractères… Les seuls souvenirs auxquels elle a accès sont ceux liés à ses croisements de sens. Il les a tous passés en revue, ça se vérifie à chaque fois. Taux de réussite 100%. Et son cas semble revêtir plusieurs formes de synesthésie. L'ouïe interfère sur la vue, le toucher provoque l'odorat, le goût et la vue ont l'air intimement liés. Il a lu que normalement les zones du cerveau qui abritent les différents sens sont imperméables entre elles. Enfin, chez les adultes. Chez les enfants c'est différent, ces zones semblent communiquer pour favoriser un meilleur apprentissage. Ensuite, elles s'autarcisent. Sauf pour environ 4% de la population adulte qui eux voient leurs sens garder cette possibilité de communiquer entre eux. De manière totalement inconsciente. Indépendamment de leur volonté.

La question est : est-ce que Léo a développé cette particularité en réaction à sa perte de mémoire afin de lui permettre de s'adapter au mieux à la situation traumatique et donc d'apprendre plus vite et de se créer des repères qu'elle juge tangibles ? Ou a-t-elle cette faculté depuis toujours ? Marceau ne sait pas pourquoi mais il pressent que la différence a son importance.

Il a tenté de la joindre vers 20h pour lui faire part de sa découverte majeure, sans succès. C'est là que le doute a pris place. A-t-il bien fait de la laisser se rendre seule à ce rendez-vous ? Elle redoutait d'y aller… Et si ce type était un malade ? Un détraqué sexuel ? Léo pourtant pas farouche a senti un malaise, était-ce un danger ? Les synesthètes ont peut-être un sixième sens ?

Finalement, il a décidé de sortir boire une bière dans la rue piétonne que lui a indiquée la réceptionniste. De ce côté-là au moins, pas d'inquiétude à avoir ce soir, le faux pas embarrassant et inconvenant n'aura pas lieu. Chignon tiré, sèche comme un cure-dent, le chemisier boutonné jusqu'au col et le sourire à l'intérieur.

Sur le chemin, il a jeté son dévolu sur un bar pour son nom incongru : le *Détends-toi encore*. Il y a finalement descendu quatre pressions. Il a trouvé la serveuse nettement plus appétissante avec ses cheveux platine et sa coupe à la Marylin. Une jolie paire de seins hauts perchés et un outrage insaisissable dans le regard. Lorsqu'elle sourit, c'est au ralenti. D'abord la commissure droite qui fait naître une fossette un peu plus haut sur sa joue rebondie, puis la gauche, et ses lèvres n'en finissent pas de remonter laissant apparaître de régulières dents très blanches. Et lorsqu'elle actionne le levier pour libérer la pression dans les verres, il lui semble qu'elle le caresse. Qu'elle le caresse, lui.

Il a essayé de rappeler Léo une nouvelle fois pour penser à autre chose qu'au bar en hêtre vernis sur lequel il aimerait fourvoyer la serveuse. Il est à présent 21h30 et toujours pas de réponse. Il s'est mis à regretter amèrement de l'avoir obligée à s'y rendre seule.

Pour dissiper son inquiétude, il a commandé une nouvelle tournée. Un scotch cette fois. Marylin est sortie fumer une cigarette sur la terrasse, alors il l'a suivie. Il s'est adossé contre le mur près duquel elle se tenait et a engagé la conversation. Elle est très belle et pas si jeune qu'il ne le pensait. Bien plus belle que les filles qui lui plaisent habituellement. Elle a plus de classe. Plus de charisme. Et là, pour la première fois de sa vie, il a envie d'un baiser en avant-propos. D'un baiser à pleine bouche, dépravé et largement suggestif certes, mais pas d'envie d'emprise ni d'avilissement immédiats. Pourtant les soubassements de sa sexualité. L'idée de ce baiser le désarçonne, une intimité méconnue bien plus dérangeante et puissante que tous les ébats obscènes qu'il a pu provoquer et connaître hors relation stable. La fille a remarqué sa gêne et s'est mise à combler les espaces de la conversation. Elle sourit toujours, l'air de rien. Elle a dans ses intonations une manière de faire virevolter les syllabes follement excitante. Mais ce qui désarçonne plus encore Marceau, c'est qu'il trouve cela attachant. A cette pensée, il n'a qu'une envie ; la fuir au plus vite. Il la regarde éteindre sa cigarette dans le pot de fleur rempli de sable puis disparaître dans le bar. Il hèle le serveur qui débarrasse une table, sort un billet de sa poche et règle sa note avec largesse.

Il essaie à nouveau de joindre Léo. En vain.

Elle l'aurait appelé. S'il y avait eu le moindre problème, elle l'aurait appelé. Ils se sont retrouvés dans un endroit public, Léo n'est pas folle, elle ne se serait pas aventurée à aller dans un espace clos et isolé, seule avec lui. Respirer tranquillement. Ne pas se faire des films. Et au pire quoi alors ? Bon, ok, admettons, il l'emmène chez lui, il la culbute, même un peu violemment, il ne va pas l'égorger. Un neurochirurgien ne peut pas être un serial killer. Et au moment où une petite voix intérieure lui répond « Ah oui et pourquoi pas ? », son téléphone se met à sonner. C'est elle. Enfin elle.

– Putain, Léo, bordel… Qu'est-ce tu fous ?

– Comment ça qu'est-ce que je fous ? Je bosse ! étouffe-t-elle un rire bombé de fierté. Je récolte des informations, je dissèque, j'analyse, je décortique, je fouille, je questionne…

– Ça va, c'est bon, arrête ton numéro ! Tu vas bien, t'es où ?

– Dans une jolie rue piétonne, dans un petit resto très sympa, avec un charmant jeune homme, glousse-t-elle.

– Rue Mercière ? demande-t-il. T'es pétée ou quoi ?

– Attends, j'demande.

Il l'entend marmonner puis rire aux éclats d'un rire qu'il ne lui connaît pas encore.

– Non, je suis pas saoule dit le monsieur, mais par contre, il demande si tu ne veux pas te joindre à nous pour le dîner. Il aimerait bien faire ta connaissance, je lui ai tout expliqué. Il trouve ta démarche incroyable et le fait que t'aies envoyé chier toute ta vie encore plus !

Si, elle est saoule ! Il la reconnaît sa petite voix qui fait les montagnes russes quand elle a trop bu… Et tant mieux, elle a l'air heureuse et surtout elle est indemne. C'est la dernière fois qu'il la laisse partir toute seule. Quelle imprudence ! Quel con surtout ! S'il lui était arrivé quoi que ce soit, il ne se le serait jamais pardonné. Il est conscient qu'il va tomber comme un cheveu sur la soupe dans ce dîner de retrouvailles mais c'est le cadet de ses soucis.

– J'arrive. Vous êtes où ?

– Le layon, au numéro 52.

– Ben, je suis devant.

– Et nous en terrasse ! Ah oui, je te vois !

Et il la voit se lever et brandir sa main dans les airs. Elle est resplendissante comme il ne l'a jamais vue, elle irradie, elle est magnifique. Et une idée très étrange lui traverse l'esprit : sa petite Léo qui grandit…

CHAPITRE 30

Blanc comme feu, rouge comme neige

Léo a fait de rapides présentations, pétulante et triomphante. Damien est un jeune homme à la carrure imposante. Les traits de son visage sont réguliers, ses yeux verts perçants et sa poignée de main précise.

Marceau est évidemment très impatient de découvrir tout ce qu'ils se sont dits pendant ces six interminables heures, mais il contient sa curiosité. Léo est si légère ce soir, elle ressemble à un petit poisson exotique multicolore se faufilant à travers les coraux, il ne veut pas être le filet qui l'entrave. Il la laisse nageoter dans ses eaux équatoriales. N'a-t-elle pas le droit à un peu de répit elle aussi ? Une brève parenthèse dans leur course effrénée en quête de vérité ?

Ils commandent des spécialités régionales et boivent du bon vin. L'air est doux, un air de jazz y flotte, les gens autour sont bavards, bruyants, heureux. Eux aussi le sont. Léo scintille, Damien reflète et Marceau observe. C'est une douce soirée. Ils en oublient presque tous pourquoi ils sont assis là, à la même table. Au dessert, l'alcool a raison des résolutions de Marceau.

– Alors, mon pauvre Damien, tu as dû être cuisiné en règle dès ton arrivée ?

Et malgré le coup de pied que lui assène Léo dans le tibia gauche et ses hauts sourcils qui le grondent, il poursuit.

– Ça fait quelques semaines que l'on te cherchait…

– Ça va Marceau, tu veux pas lâcher l'affaire un peu, le coupe-t-elle, puis posant la main sur la sienne supplie avec douceur à faible voix : Ce soir, Marceau, rien que ce soir, pour une fois, s'il te plaît…

– Laisse Léa, ça ne me dérange pas, intervient Damien. Vous faites un job tous les deux, c'est bien normal que ton coéquipier prenne connaissance des nouveaux éléments du dossier.

Marceau aime le soin qu'il a mis dans la tournure de sa phrase. Il semble prendre le sujet au sérieux et c'est rassurant. Cependant il décèle dans sa voix une pointe de tristesse et un engouement qui sonne faux. Les doigts de l'ancien amoureux se sont mis à jouer nerveusement avec de la mie de pain. Une boulette se met à rouler entre ses doigts. Lorsqu'il relève le visage vers Léo, il pose sur elle un regard désolé, presque désespéré.

L'avait-il aimée ? Comment s'étaient-ils rencontrés ? L'avait-il pleurée ? Avait-il réellement cherché à la revoir ?

– On va boire un verre ? s'exclame soudain Léo pour couper court.

Les deux hommes échangent un regard entendu. Oui, ils peuvent bien lui octroyer cette petite trêve.

– Suivez-moi, je connais un endroit très sympa… lance Marceau dans une intention comique.

Léo laisse éclater un rire sincère. Elle aime lorsque Marceau se montre désopilant.

– Vas-y, fais-moi rêver ! l'asticote-t-elle

– C'est à deux pas, le nom déjà devrait te plaire : *Détends-toi encore*, pile dans le thème, non ?

Et Léo n'en finit pas de glousser. Son bonheur est béant et Marceau s'y engouffre. Il aurait bien aimé lui parler de sa grande découverte scientifique sur la convergence des sens. Mais après tout, elle a raison, tout ça peut bien attendre… Oui, ce soir, là maintenant, tout ça n'a que peu d'importance. Il sera bien temps demain de tout déballer. Les réponses du bellâtre et la perméabilité du cerveau de Léo. Ce soir, l'heure est aux réjouissances et à la fête.

La ravissante serveuse aux mains expertes aura-t-elle terminé son service ?

Sur le chemin, Léo qui zigzague sur les pavés en fredonnant lui presse le bras et colle sa bouche à son oreille.

– Oui, Marceau, ne t'en fais pas, j'ai posé toutes les questions qui nous intéressent et bien plus encore. Tu vas te régaler ! On a plein de nouvelles pièces pour notre beau puzzle… Dès demain matin, on fait le débrief, promis. Mais ce soir, tu me laisses profiter, d'accord ?

Sans la regarder, il effectue une double pression sur son avant-bras signifiant son aval. Elle se met alors à sautiller et annonce :

– Je tiens à te le dire tout de suite, tu vas dormir tout seul, cette nuit, *partner* !

– J'avais plus ou moins compris…

– Comment est la réceptionniste ? ricane-t-elle.

– Originaire du Groenland.

Mais déjà, elle a rattrapé Damien et s'est faufilée sous son bras. Il la regarde minauder et rire. C'est elle qui a raison… Ce soir, tout le reste n'a plus aucune importance.

On est sauvés, on est ensemble, à rigoler quand la terre tremble... Oui, ma chère amie, allons boire et nous moquer de nos faiblesses, nous serions bien malheureux de croire qu'en se livrant, on se blesse. Mettons le passé aux oubliettes, allons danser et conter fleurette à qui veut bien écouter... Aujourd'hui, plus rien n'a d'importance. On ira au pire ou au mieux, tout ça n'a que peu d'importance.

***

Marceau a repéré la serveuse dès son arrivée. Elle lui a souri, il lui en a été reconnaissant. Les deux tourtereaux ont vidé quelques vodkas puis ont pris congé. Léo avait des météorites dans les yeux et le Damien était proche du filet de bave.

Marceau est resté au bar. Jusqu'à la fermeture. Lorsque le patron a enjoint les derniers clients de se presser vers la sortie, la jolie blonde, un chiffon à la main, l'a interrogé du regard. Marceau a acquiescé et a fait signe qu'il l'attendait dehors.

Il a fumé une cigarette en patientant, nerveux.

Lorsqu'elle l'a rejoint, il a demandé :

– Pourrais-je connaître votre prénom ?

– Eugénie.

Ça l'a scotché. *Eugénie*, il a trouvé le prénom délicieux, affirmé, empiriquement excitant.

Elle ne lui a pas demandé le sien.

Ils ont marché en silence jusqu'à l'hôtel. Eugénie a effleuré ses doigts à plusieurs reprises, presque par erreur. Ils ont salué la fille à l'accueil et ont récupéré la clef. Marceau n'arrivait pas à déterminer si c'était l'appréhension ou le désir qui prenait le dessus. La question a été éludée dans l'ascenseur lorsqu'elle a posé ses lèvres sur les siennes et pressé ses seins contre lui. Il a ouvert la porte et n'a pas allumé la lumière.

Et l'animal est sorti.

Il l'a attrapée par les poignets et l'a forcée à se coller contre le mur. Elle n'a pas résisté et lui a offert, avec assurance et calme, sa nuque à l'odeur d'ylang-ylang. Elle porte en elle une soumission active irrépressible. Alors la bouche de Marceau s'est mise à la goûter. Sans violence. Il a relevé sa jupe et a descendu un morceau de tissu qu'il s'est imaginé de dentelles noires. Il peut entendre sa respiration de plus en plus saccadée et lorsque le bruit de la boucle de sa ceinture résonne dans la chambre, elle fait volte-face et saisit à son tour ses poignets d'un geste ferme et sans appel. Cette autorité nouvelle lui a cinglé le ventre. Elle a déboutonné sa chemise ensuite, puis lui a ôté. Il a suivi les ordres implicites que les mouvements déterminés ont ordonné. Sans contrer. Il s'est laissé retourner et a senti la trame du papier peint sous sa joue. Elle s'est mise à son tour à lui dévorer le cou, puis les épaules. En silence. Il a senti son cœur cogner avec inimité dans sa poitrine. Ce revirement a fait gronder une peur délectable. Il veut et ne veut pas. Puis elle s'est détachée de lui. Il a attendu quelques secondes, inquiet, à l'affût. *Viens*, l'a-t-il entendu prononcer dans la pénombre. Les réverbères ont enveloppé la pièce d'un faible éclairage orangé. Lentement, il s'est tourné vers elle. Appuyée contre le secrétaire en acajou, elle le fixe, immobile. Contenue et décontenue. Elle l'attend. La bête est sortie à nouveau lorsque dans un mouvement lascif et assumé, elle a écarté les cuisses. Sans le quitter du regard. Il s'est jeté sur elle et a tenté de la faire pivoter. Elle s'est accrochée au montant du meuble de sa main droite lui assurant ainsi sa volonté de résistance. Sa main gauche déjà le guide en elle.

Marceau, aux abois, s'enfonce dans ses marécages et se sent pris au piège diabolique de cette pythie démoniaque.

Ses yeux plantés dans les siens sont une torture divine. Il lutte. Il lutte de toutes ses forces pour soutenir ce regard indomptable. Il se laisse glisser, dériver dans ses courants jusqu'au bord du naufrage. Qui est-elle ? D'où sort-elle pour l'affaiblir ainsi et oser tenir têtes à la horde de démons qui rodent, qui râlent tout autour. Ne les entend-elle pas ? Ne les voit-elle pas ? Ne les craint-elle donc pas ? Ces monstres maléfiques qui habituellement le terrassent au premier contact de péché de chair, elle, les repousse d'une simple main gracile et impérieuse. Ce regard insoutenable se dresse telle une muraille. Elle érige à elle seule une zone impénétrable, invincible. Dans cet élan libératoire, il empoigne ses cuisses, la soulève et la déplace jusqu'au mur voisin. Il la plaque, la transperce, l'irradie. Ensemble, ils côtoient la douceur de la mort. Longtemps, leurs pupilles élargies traversent leurs âmes écorchées. Ils demeurent accrochés l'un à l'autre encore un moment, puis Eugénie descend de son bûcher.

Marceau s'appuie contre la cloison reprenant son souffle. Il cherche à comprendre. Que vient-il de se passer au juste ?

Eugénie s'est allumée une cigarette et fume à la fenêtre. A part son prénom et cet ordre *Viens*, aucun mot n'est sorti de sa bouche. Elle regarde le ciel. Il la trouve belle. Païenne et libre.

– Je peux connaître ton prénom ? souffle-t-elle dans une fumée blanche.

– Marceau.

– Tu fais quoi dans la vie, Marceau ?

– J'aide une amie à se souvenir de qui elle est.

– Tu es un drôle de type, Marceau. J'aime bien les drôles de types, lâche-t-elle en projetant son mégot dans la nuit d'une pirouette de l'index.

Il y a en elle quelque chose de très masculin. De non subi. Pas de paroles d'ornement ni de fioritures inutiles. Pas de faux apparats, juste de l'essentiel. En ce sens, elle lui fait penser à Léo.

Il éprouve un sentiment confus dans cette chambre auprès de cette inconnue. Une sensation physique qu'il pressent être une concrétisation. Comme un morceau de mur entre ses mains. Un morceau de *son* mur. Il la suit du regard. Elle ramasse ses vêtements au sol, un à un, et commence à se rhabiller. Il n'a pas envie qu'elle parte. Il n'a pas non plus envie de se sauver.

Et il comprend. Il n'est plus cette vengeance obsédante ni cet objet de plaisir bâillonné. Il n'est plus cette infinie solitude. Il n'est plus emprisonné dans sa geôle. Il n'est plus obligé de rechercher l'innocence volée de l'enfance auprès de femmes castratrices. Ni de se transformer en tortionnaire vengeur auprès de gourgandines sans intérêt dès la nuit tombée. Il peut être lui.

– J'y vais, attrape-t-elle son sac. Tu sais où je bosse si tu as envie de me revoir.

Marceau lui sourit, s'approche et se force à caresser sa joue rosie. Il aimerait dire quelque chose à la hauteur de sa confusion et de l'importance du moment. Il ne trouve rien. Il pense à Léo. Que dirait-elle, elle ? Elle et sa liberté de mémoire…

– Eugénie est vraiment un très beau prénom. Il est rouge comme neige et blanc comme feu.

– Ouais, tu es vraiment un drôle de type, rit-elle. Appelle-moi.

CHAPITRE 31

Les doigts xylophones

Il est onze heures lorsque Léopoldine ouvre les yeux. Une douleur sourde lui enfonce l'avant du crâne. Elle s'étire avec difficulté et étend son bras. Le lit est vide. Elle s'assoit brutalement et essaie de se souvenir. *Aïe... Oh ma tête...* Et avant même qu'un quelconque souvenir ressurgisse, c'est la panique qui prend le contrôle sur tout son corps. Et elle se met à se détester. Voilà ! Voilà pourquoi elle ne doit pas boire. Jamais ! Comme si ça ne lui suffisait pas de ne pas se souvenir de ses vingt premières années. Quelle petite écervelée ! C'est bien le mot, tiens ! Elle se balance en arrière et souffle tout son soûl, les cheveux enfoncés dans l'oreiller à rayures.

– Bonjour…

Damien… Le rendez-vous, sa trouille, ses questions, les réponses, le bar 1, le bar 2, le bar 3, le restau, Marceau, un bar 4 ? Son appart, l'amour, ses baisers, ses cheveux… Ce qu'elle le trouve beau avec sa tasse de café à la main. Il ressemble à un matin de printemps. Et elle, de quoi peut-elle bien avoir l'air ?

– Bien dormi, ravissante jeune fille ?

Ravissante ? C'est le plus joli qualificatif qu'on ne lui ait jamais attribué. Elle a parfois essuyé des « bonne », a connu des « tankée », a entendu un « jolie » une fois dans la bouche d'Arthur mais alors « ravissante », jamais !

Damien s'est assis sur le rebord du lit et lui embrasse l'épaule avec délicatesse. Il caresse ses cheveux et lui remet une mèche en place. Le cœur de Léopoldine est au bord de l'évanouissement.

– Je crois que je te trouve encore plus belle qu'avant, Léa. Plus femme peut-être, tout simplement.

Léa en pleurerait, alors elle se cache au creux de ses bras et se pelotonne contre lui.

– Je vais être obligé d'y aller, je dois aller récupérer mes filles. Mais prends ton temps, tu es ici chez toi. Tu n'as qu'à claquer la porte en partant…

Déjà ? Il part déjà ? Ah oui, elle se souvient maintenant. Sa femme, ses deux petites filles, son divorce… Elle s'écarte légèrement et cherche son regard.

– J'aimerais te revoir Damien, lance-t-elle comme on fait quand on se jette dans une eau que l'on sait trop froide.

Damien expire lentement.

– Justement, je n'ai pas été entièrement honnête avec toi. Il faut que je t'avoue quelque chose. Mais après ça, je doute que tu aies encore envie de me revoir. C'est certainement pour cela que je n'ai pas eu le courage de te le dire hier soir…

– Tu m'inquiètes Damien… se grignote-t-elle la lèvre supérieure.

Il se lève et va s'appuyer contre le rebord de la fenêtre, il croise ses jambes et ses bras. Que lui avait-il caché ? Elle se met à réfléchir à mille à l'heure, tout s'emmêle et se court-circuite. Elle entend une radio aux ondes brouillées et voit des écrans cryptés. Un goût détestable de citron vert fermenté inonde sa gorge.

– Dis-moi, s'est-elle redressée le souffle court.

Il a expliqué leur rencontre dans ce bar, la séduction immédiate, leur premier baiser, leur première nuit, les deux suivantes, ses parents qu'elle haïssait, son père qui frappait sa mère – deux fois qu'elle récoltait cette info, il allait falloir vraiment s'en préoccuper – leur rendez-vous et l'accident. Mais quoi, quoi d'autre ?

– J'ai cherché à te revoir, c'est vrai.

– Tu m'as dit ça ! s'impatiente-t-elle.

– Tes parents ont fait barrage, je t'ai expliqué aussi. Mais ça ne s'est pas arrêté là. J'ai menacé ton père. Je l'ai menacé de le balancer s'il ne me laissait pas te voir.

– T'as fait quoi ? s'étrangle-t-elle.

– Je t'aimais, Léa. J'étais amoureux ! L'amour ça rend rarement intelligent… Cela faisait peut-être qu'une semaine qu'on se connaissait, mais je sentais bien qu'il se passait quelque chose de très fort entre nous. Je ne voulais pas te perdre et surtout je ne comprenais pas pourquoi il s'opposait à ce que je te voie. Je ne comprenais vraiment pas. J'étais un type normal, en deuxième année d'internat, je n'avais rien fait de mal… J'étais désespéré et hors de moi. Je suis allé chez vous et je l'ai menacé de raconter à toute la ville que sous ses airs de mec bien, il tabassait sa femme ! J'ai même ajouté que ça passionnerait la presse de savoir qu'il fréquentait des clubs SM[6].

– Pardon ? Tu as dit quoi, là ? entend-elle sa voix grincer.

– J'étais jeune et impulsif, je n'aurais pas dû c'est vrai, ça l'a mis dans une colère noire…

– Non, pas ça, écarte-t-elle d'un geste hâtif, tu as dit quoi ? Que mon père fréquentait des clubs SM ? Mais pourquoi tu as dit ça ?

– Ben parce que tu me l'avais dit !

– Je t'avais dit qu'il était SM ?

– Oui. Tu ne le sais pas ?

– Comment pourrais-je le savoir ? se défend-elle.

– Désolé de te l'apprendre de cette manière alors, mais oui et tu étais catégorique. T'avais trouvé du matos dans le coffre de sa bagnole… Bon bref, ce n'est pas ça que je voulais te dire.

Ah non ? Pourtant c'est déjà pas mal… Elle s'arrêterait bien là Léo, côté aveux.

– Ton père m'a traité de petit con arriviste et de tous les noms d'oiseaux possibles. J'ai été sommé de quitter les lieux manu-militari, je te

---

[6] Sadomasochiste.

passe les détails… Il m'a menacé à son tour de ruiner ma carrière si je ne disparaissais pas de vos vies définitivement. Ma carrière à peine naissante… Toutes ces années d'études, ma difficulté à les financer, tout ce travail anéanti… Ton père l'imminent neurochirurgien au bras long, j'étais interne dans la même clinique que lui, tu penses, ça aurait été tellement facile…

Léo est hébétée, elle ne sait plus quoi dire. Ce garçon s'était battu pour elle ainsi ? Alors, on l'avait aimée avant ?

– Je comprends, murmure-t-elle.

– Non, tu ne comprends pas. Je me suis entêté, évidemment. J'ai continué à le harceler. Jusqu'à… Jusqu'à ce qu'il…

Damien hésite et regarde ses pieds à présent.

– Jusqu'à ce qu'il quoi ? lui ordonne-t-elle de poursuivre.

– Jusqu'à ce qu'il m'achète.

Un silence pécuniaire vient glacer la chambre blanche. Léo fait *non* de la tête comme pour repousser l'information qu'elle ne comprend pas.

– Il me laisse le choix entre la ruine de ma réputation ou un poste en or à Lyon dans le service le plus pointu de la région. Et la modique somme de 30 000 euros. Et je disparais. A vie.

– Et tu choisis le poste et le fric.

– Voilà, baisse-t-il à nouveau les yeux.

Léo s'est levée et vient se poster en face de lui. Il tente une défense désordonnée.

– Je n'ai aucune excuse, je sais. Je comprendrais très bien que tu ne souhaites plus me revoir. Je suis une merde. Chaque jour, j'y pense. Chaque jour, je pense que je suis ce genre de type que l'on peut acheter. Un type qui ne vaut rien finalement.

– Damien… Quel secret vaut 30 000 euros d'après toi ?

– Comment ça ?

– Ce n'est pas de toi dont il ne voulait pas, c'était de ma mémoire. Chaque contact avec le monde extérieur était un risque. Et le danger suffisamment grave pour se monnayer. Il faut que j'appelle Marceau !

Léo se rue dans le salon en petite culotte à la recherche de son sac laissant Damien bien embarrassé avec le poids de ses aveux. Elle réapparaît deux minutes plus tard.

– Tu ne peux pas savoir ce que tu m'aides, Damien ! Tu n'as pas idée, commente-t-elle en enfilant un tee-shirt. C'est Marceau qui avait raison ! De toute façon, il est chiant, il a toujours raison !

Et là, elle s'immobilise, prenant conscience de ce qu'il vient de lui confier au-delà de ses préoccupations amnésiques. Elle s'approche de lui, pose ses doigts sur les siens et les balaie lentement. Doigt après doigt. Elle les frôle, joue avec.

– Tu as eu le mérite d'essayer… Et puis, tu étais jeune, tu as raison. On se connaissait à peine, Damien, je ne vais pas t'en vouloir pour un truc que tu as fait concernant des événements dont je ne me souviens même pas. Mon rapport au passé est compliqué, tu sais… Je fais comme je peux. Ce que je sais, c'est que la soirée que nous avons passée était belle et la nuit agréable. J'aimerais te revoir même si tu as troqué notre amour contre une carrière et une dizaine de chameaux. Ça doit revenir à peu près à ça, non ? C'est coté combien le cours du chameau de nos jours ?

Elle l'entend soupirer puis il pose son front contre le sien.

– Léa… J'ai tellement attendu ce jour… Tu me plaisais déjà follement il y a sept ans mais bien davantage aujourd'hui. Tu es drôle, tu es belle, tu es douce, tu es intelligente… Je crois que je n'ai jamais cessé de t'aimer au fond de moi, tu sais…

– Tu ne me trouves pas vide et sans intérêt ? s'étonne-t-elle.

– *Vide* et *sans intérêt* ! Diable, que non !

Elle continue de jouer avec le bout de ses doigts et dit :

– Tes doigts xylophones…

– Qu'est-ce que tu as dit ? se détache-t-il d'elle.

– Tes doigts, ils font de la musique sous les miens, ils ont chacun une couleur, comme un xylophone. C'est dommage que je ne sache pas les notes sinon, je te les dirais…

– Tu te souviens de ça, alors ? l'interroge-t-il avec excitation.

– De quoi ? demande Léo avec naïveté.

– De mes doigts xylophones ! Tu me l'as déjà dit, il y a sept ans.

– Oh putain ! s'affole-t-elle. Il faut vraiment que j'appelle Marceau ! Oh putain… Oh putain, il va être fou de joie !

CHAPITRE 31

Descente aux enfers

Lorsque Léo rejoint Marceau à la terrasse colorée du grand café des Négociants, elle est tellement excitée qu'elle lui déballe tout, encore debout, d'une seule traite. Evidemment balancé comme ça, dans le désordre, le père adepte des soirées SM qui cogne sa femme avec un xylophone acheté 30 000 balles dans un service de neurochirurgie, pour Marceau, c'est un peu confus.

– Tu veux pas t'asseoir et te calmer un peu ?

Léo est déçue.

– Je croyais que tu allais être content…

– Je le suis, Léo, mais pose-toi et explique-moi calmement. On a tout notre temps.

Elle s'assoit en maugréant, la mine renfrognée. Marceau sort le cahier bleu et annonce vainqueur :

– Bon, commençons par ma nouvelle à moi, le temps que tu t'ordonnes. Ma chère amie, je vous annonce officiellement que vous faites partie des 4% de la population à avoir cette particularité formidable à savoir : la synesthésie !

– La quoi ? bougonne-t-elle.

– Léopoldine Fontaine, arrêtez de faire votre tête de sale mioche et écoutez-moi.

Il lui commande un Perrier menthe et se reprend une bière. Il ouvre son cahier et commence à expliquer en détails. Les mots en couleurs, les formes, ses associations à la musique, ses souvenirs de touchers et d'odeurs… La perméabilité des sens, la classification mentale et tout le reste. Bientôt sa moue boudeuse fait place à un étonnement émerveillé.

– Mais tu as raison, Marceau, le conforte-t-elle, c'est exactement ça… Mais, ça veut dire que toi, tu ne ressens pas les choses ainsi ?

– Ben non, ma Léo. 4% je te dis.

– Mais alors quand tu écoutes de la musique, tu vois quoi ?

– Lorsque j'écoute de la musique, je ne vois rien. J'entends seulement de la musique, rit-il.

– C'est super triste…

– Mais pas du tout, je ne connais rien d'autre. Justement, raconte-moi ton histoire de xylophone, j'ai un point à éclaircir.

Alors, elle explique. Elle reprend depuis le début et relate tout. De leur rencontre avec Damien dans ce bar à Annecy à l'achat de sa disparition définitive. Elle termine par les chameaux et les doigts multicolores.

– Donc, tu étais synesthète avant ton accident. C'est comme cela que tu as accès à certains souvenirs. Ce n'est pas ta mémoire qui resurgit, ce sont tes sens qui la transpercent.

– Et c'est une bonne ou une mauvaise nouvelle ? cherche-t-elle une réponse dans le regard de Marceau.

– Une bonne, je pense. Tu sais Léo, statistiquement, après sept ans, les chances de recouvrer la mémoire sont quasi nulles. Sans ta synesthésie, je pense que c'était impossible.

– Les chances sont nulles et tu m'annonces que c'est une bonne nouvelle, s'assombrit-elle.

– Les chances sont quasi nulles sans la perméabilité de tes sens.

– Ah ouais, super ! s'énerve-t-elle. Les chances sont nulles, toi, tu sais ça, dès le départ, et tu te dis, *allez, je vais me casser avec la petite, on va aller se balader le nez au vent, histoire de prendre l'air et de m'amuser un peu avec elle ! Je vais lui faire croire que moi le super héros Marceau – coup de bol, ça rime – tu noteras, rime en o classification amitié, tout comme Zorro, mégalo, schizo, Apollo, Duconno... Moi, Marceau le tout puissant, je vais lui permettre de retrouver la mémoire !*

Elle s'affale contre le dossier de sa chaise rose bonbon, croise les bras sèchement et le fixe avec méchanceté.

– C'est bon, tu as fini ? Tu n'écoutes rien. Tu es fatiguée, Léo, je le sens bien, et c'est normal, ça fait beaucoup d'infos en peu de temps. Et puis, j'imagine que tu n'as pas dû beaucoup dormir… lui sourit-il.

Il la regarde se débattre intérieurement. Il laisse défiler une vingtaine de passants puis reprend. Il sait comment la récupérer.

– Moi non plus, ceci-dit, je n'ai pas beaucoup dormi… Tu te rappelles de la jolie serveuse au bar hier ?

Non, elle ne s'en souvient pas, elle avait trop bu et un autre chat à fouetter. Fait chier !

– Et ben quoi, la serveuse ? tombe-t-elle dans le panneau.

– Je l'ai ramenée à l'hôtel.

– Putain, toi, t'as clairement un problème avec tout ce qui est Horeca[7] et CHR[8] !

– … ?

– Cafés, hôtels, restaurants !

– Comment tu sais ça, toi ? D'où ça sort ?

– Je sais pas, je le sais, c'est tout !

– Comme le vert bouteille ?

– Tu m'emmerdes, Marceau ! Oui, comme le vert bouteille. Bon, tu racontes ou faut que je te torture ? se rapproche-t-elle.

Alors, il raconte. Il raconte tout. Son étonnement à être attiré par cette fille moins *criarde* que les autres, son attitude, la sienne, les émotions contradictoires dans la chambre, le silence et sa réappropriation d'identité. Il explique aussi son acharnement à ne vivre qu'avec des femmes qui le consignent dans un rôle de petit garçon et son attirance sexuelle pour des coups d'un soir avec des filles obscènes.

---

[7] Acronyme de *Hôtellerie, Restauration, Café.*

[8] Acronyme de *Cafés, Hôtels, Restaurants.*

Léopoldine se délecte de ces confidences. Enfin, il lui parle… Enfin, il lui explique. Enfin, elle comprend.

– Quelque chose s'est débloqué, en fait, conclut-elle.

– Qu'est-ce que tu veux dire ?

– Je sais que tu ne veux pas trop qu'on en parle et je respecte, mais savoir que ce connard de prêtre a été lynché au fond d'un bois t'a fait le plus grand bien.

C'est vrai. En parler avec son frère aussi. Il aimerait poursuivre cette analyse mais il sent que déjà la boîte se referme. Une autre fois, peut-être… C'est déjà bien d'avoir réussi à lui expliquer. Pour lui aussi ça fait beaucoup, depuis hier.

– Tu n'as pas faim, toi ? lui demande-t-il. Moi, je dévorerais un bœuf !

– Oh moi aussi ! On retourne là où on a diné hier soir ? J'ai adoré.

– Et allez… Déjà amourachée et nostalgique !

– Pfff… N'importe quoi ! rougit-elle.

***

Ils restent longtemps à la terrasse du *Layon.* Léo dévore un saucisson brioché sauce meurette et Marceau un tablier de sapeur. Ils sympathisent même avec le patron, un gars adorable originaire du val de Loire et fou de jazz.

Léopoldine revient sur les détails de sa soirée. Non, elle n'a pas reconnu Damien, mais elle ne s'est pas sentie mal à l'aise. Plutôt en terre connue, même. Son odeur, sa peau, sa voix, ce n'était pas une découverte.

– Et puis cette histoire de doigts musicaux quand même… C'est fou ça !

Marceau pose son coude sur la table et lève sa main à l'équerre, la paume offerte.

– Et moi ? Est-ce que mes doigts font de la musique ?

Léo appose ses phalanges contre les siennes et effleure le bout de ses doigts les uns après les autres.

– Non. Désolée. Tu n'as pas les doigts xylophones…

– On ne peut pas tout avoir ! retire-t-il sa main, piqué par une petite pointe de jalousie irraisonnée comme peut l'être un père à qui un jeune premier vient de dérober son statut de héros unique et tout puissant.

Au digestif, ils dressent le bilan de ce qu'ils savent. Marceau note sur une page vierge tous les éléments concrets. Ecrite noir sur blanc, la liste fait froid dans le dos.

– Donc, résume Marceau, on sait que ton père est un homme violent qui bat sa femme et pratique le sadomasochisme. On sait qu'il a tout fait pour que tu ne te souviennes de rien, qu'il t'a coupée du monde entier, des soignants et de tes amis, et qu'il a pris soin de te gaver de nouvelles données au lieu de te permettre d'avoir accès aux anciennes. On sait qu'il a même versé une coquette somme pour avoir la paix. Ça commence à faire un peu beaucoup, Léo, non ?

Léo ne s'en était pas rendue compte mais oui, dressé comme ça, à voix haute, le constat est rude. Et la peur se met à nouveau à gronder.

– Tu crois quoi, toi ? réclame-t-elle pour la première fois une hypothèse.

– Je crois que tu sais quelque chose que tu n'es pas censée savoir. Quelque chose de grave. Quelque chose de compromettant. Et que ton père est prêt à tout, même à sacrifier ta santé mentale pour taire ce secret.

Dans la tête de Léo, ça se met à merder. Comme avant, avant Marceau. Le vertige du vide la happe dans un halo cotonneux rêche et tourbillon. Puis arrive ce goût âpre détestable de poussière de briques.

– Tu sais, j'ai toujours pensé que ma mère se biturait par neurasthénie de bourgeoise provinciale, mais c'est peut-être plus compliqué que cela.

– Certainement… ne sait pas quoi répondre Marceau.

Puis une idée lui vient.

– Demain, on va chez Alexandra. A Annecy donc. On n'irait pas rendre une petite visite de courtoisie à tes parents ? Une petite visite surprise, pour voir ? Juste pour voir, siffle-t-il avec perversité.

Les yeux de Léo s'illuminent de machiavélisme haineux. C'est étrange mais ils n'y avaient jamais pensé. Et là, sur la nappe blanche, ce passage devient obligatoire. Une évidence… Le retour à la source.

Là où tout s'est désagrégé.

***

Ils passent l'après-midi à flâner dans la cité lyonnaise. Les quais, la place des Terreaux, le quartier Saint Jean, Fourvière, son funiculaire d'un autre temps et terminent par les traboules[9]. En traversant l'une d'entre elles, Léo se sent oppressée. Il y fait sombre, les murs étroits, ocres, à l'odeur de salpêtre ne lui disent rien qui vaille. Marceau, lui, est impressionné par l'architecture très spécifique du bâtiment. Il inspecte tel un touriste japonais appliqué.

– Marce… Marceau ! hurle soudain Léo affolée. *Ad libitum* !

– Je suis là, Léo, la rattrape-t-il. Dis-moi…

– Ça ne va pas, Marceau, j'ai peur. Je connais ce couloir.

Il lui saisit la main avec protection.

– Tout va bien… Comment ça, *tu connais ce couloir* ?

– L'odeur de moisi et cette lumière… s'affole-t-elle.

[9] Passages piétons à travers des cours d'immeuble permettant de se rendre d'une rue à une autre.

– Calme-toi, essaie de te concentrer. Tu connais ce couloir précisément ou les sensations qu'il te procure ?

– Les sensations, je crois…

– Et quoi d'autre ? Poursuis, l'encourage Marceau.

– Des violons… J'entends des violons.

– C'est agréable ?

A la pression qu'elle exerce sur sa main, il sent bien que non.

– Non, c'est très désagréable.

– Tu peux associer autre chose ?

Et elle se met à marcher en fléchissant anormalement les genoux. Il la suit. Elle ressemble à une automate hypnotisée.

– Du rouge. Je vois tout en rouge. Et je descends… Et j'ai peur. J'ai très peur.

Sa main libre prend appui contre la paroi froide. Elle tâtonne.

– Où es-tu ? murmure-t-il de crainte d'évaporer le souvenir fragile.

Elle se retourne brusquement et ses yeux translucides se figent.

– Chez moi. Je suis chez mes parents ! Je descends un escalier.

– Il y a une cave chez tes parents ?

– Oui. Une immense cave avec plusieurs pièces et ça pue pareil.

– Et qu'est-ce qu'il y a dans ces pièces ? cherche-t-il à creuser.

– Du vin, des vieux meubles, des outils. Rien de particulier, soupire-t-elle.

Elle lui lâche la main puis s'effondre contre le mur.

– C'est fini. Je n'ai plus rien, le regarde-t-elle avec désespérance.

– Ça fait deux fois, Léo, le coup de l'escalier, du rouge et de la musique. Ça fait deux fois en moins d'une semaine avec des mots en *um* et visiblement ça te plonge dans une grande frayeur. On va vite voir Alexandra et puis on fonce chez tes parents. A mon avis, il n'y a pas que des meubles et du pif à la cave.

***

Marceau s'y attendait, Léopoldine veut aller dormir ensuite. Ils regagnent l'hôtel, elle ôte son jean et se réfugie sous les draps. Elle observe Marceau qui fume une blonde à la fenêtre.

– Marceau ?

– Oui, Léo…

– Je t'aime, tu sais.

Il la regarde avec tendresse et lui délivre un sourire qu'il emprunte à sa mère et à ses souvenirs d'enfant.

– Même si je n'ai pas les doigts xylophones ?

– Je voulais te dire au fait. Tu as changé. Tu n'es plus ni gris ni fantomatique…

– Ah bon, et qu'est-ce que je suis alors ?

– Tu es noir, très noir. Carré et compact. Comme une boîte.

Il tire sur sa cigarette en essayant de réfléchir à ce que cela peut représenter dans son esprit.

– Tu es ma boîte noire, balbutie-t-elle avant de sombrer dans le sommeil.

Sa boîte noire…

***

Marceau prend une douche puis décide de consigner les faits de la journée. Il prend place sur la chaise en velours rouge du petit secrétaire acajou.

La vision des cuisses d'Eugénie parasite sa concentration. Il repense à ses yeux. Cet échange de regards est bien plus impudique que n'importe quel coït fangeux. Jamais il n'avait soutenu le regard d'une femme pendant l'acte. C'est la chose la plus pornographique qu'il lui ait été donnée de vivre. La plus inquiétante. Celle qui lui a fait repousser ses plus cruelles limites.

Une sueur froide de dégoût vient lui dégouliner dans la bouche. Il se souvient de ce membre grossier et gras tapant au fond de sa gorge jusqu'à lui en arracher des haut-le-cœur. Il peut presque sentir cette odeur âcre abjecte et ces mains calleuses qui maintiennent sa tête relevée l'obligeant ainsi à maintenir ses yeux dans ceux jaunâtres et convulsés de celui qu'il nommait la bête.

Marceau quitte sa chaise brutalement, attrape sa veste et fuit la chambre.

Un scotch. Il lui faut un scotch.

CHAPITRE 32

Alexandra Humbert

– T'es sûr que c'est là ? s'inquiète Léo.

– C'est l'adresse qu'elle m'a donnée.

– C'est horrible !

– C'est effectivement ce qu'elle a laissé entendre, que vous n'étiez pas tout à fait du même milieu… répond Marceau sarcastique.

Léo connait ce quartier de nom mais n'y a jamais mis les pieds. Rien que le nom Cran-Gevrier est vilain. Elle se sent minable de penser ça.

– Ce n'est pas ce que je voulais dire, regrette-t-elle vexée.

– Mais tu l'as dit. Prête ? l'interroge-t-il en se garant sur le parking en bas de l'immeuble verdâtre délavé.

– J'ai un peu la trouille, avoue-t-elle.

– Je sais. Je suis là. Allez, *partner*, allons découvrir ce que nous cachent encore les Thénardier de la haute !

La cage d'escalier est sale et l'ascenseur en panne. Léo traîne des pieds et ravale ses commentaires désobligeants. Marceau la presse, il est 15h. Ce ciel est gris et bien chargé en ce dimanche de juillet. Ils ont même essuyé une averse sur le trajet. Il a mal dormi et peu. Il a erré longtemps dans la ville et descendu quelques verres. Il est passé devant le bar d'Eugénie mais n'a pas eu le courage d'y entrer. Deux whiskies plus tard, il s'y est rendu à nouveau, mais sa peur a été plus forte que son désir de la voir. Vers 2h, il a fini par rentrer. Léopoldine dormait toujours. Elle n'a ouvert les yeux qu'au petit matin.

5ème étage. Paillasson vert pomme avec une inscription manuscrite noire « Bienvenue ». Des cris d'enfants et de vaisselle inondent le palier. Respiration. Index sur la sonnette.

– Go ?

– Go, confirme Léo.

La porte s'ouvre et c'est la bourrasque.

Un minuscule brin de femme apparaît sur le seuil, le cheveu jaune et les cernes bruns, un gamin d'à peine un an accroché sur la hanche, un autre entre les jambes. Dans le couloir en arrière-plan, un troisième tente de désarçonner en braillant une fillette d'un tricycle rouge.

– Stop ! hurle la jeune femme en se retournant. Ça suffit ! Maman a de la visite !

Puis s'adressant à Léo et Marceau :

– Entrez, entrez… Oh Léa, je suis si contente de te voir. Ça fait combien de temps ? La dernière fois, c'était à la Saint-Jean, tu te souviens ? Oh, pardon, ben non, excuse, je suis bête, tu ne peux pas te souvenir…

Marceau pousse Léo qui entre à contrecœur. Elle n'a qu'une envie, c'est déguerpir.

– Excusez le bazar, vous savez ce que c'est ! referme-t-elle la porte derrière eux.

Non, pas vraiment, songe Marceau. Ils avaient beau être sept chez lui, rien à voir avec ce capharnaüm.

– Dylan ! Laisse ta sœur ! Tu peux pas lui foutre la paix cinq minutes ? Et toi, va mettre une robe, je t'ai dit. Toujours à se trimbaler à moitié à poil celle-là, on dirait son père, j'vous jure !

Alexandra s'avance dans le salon et dépose l'enfant qu'elle tenait dans ses bras dans un parc surpeuplé de jouets. Léo détaille la pièce, la fille et la scène. Elle non plus, elle ne la reconnaît pas. Pas plus qu'Agathe, Sandro, Pablo ou Damien mais il lui semble que là, dans cet appartement de cité, le fossé est encore plus grand. Elle regrette presque d'être venue. Marceau lui assène un clin d'œil censé la rassurer. Elle le dédaigne d'un haussement d'épaules.

– Je nous ai fait du café, installez-vous ! s'active Alexandra dans la cuisine aux petits rideaux fuchsia.

Elle sort trois tasses d'un placard en chêne repeint du même rose tape à l'œil, trois cuillères d'un tiroir et pose un paquet de sucre en morceaux en forme de trèfles sur la table ronde. Elle s'immobilise un moment et inspecte Léo.

– Tu n'as pas tellement changé finalement… Alors que moi… C'est sûr, quatre marmots, ça te change une femme ! Tu as des enfants, toi ?

– Non, répond seulement Léo.

– C'est pas plus mal. On te raconte tout un tas d'histoires formidables à ce sujet alors qu'en fait, mon Dieu, ce n'est qu'une source d'ennuis… N'écoutez pas, les enfants, Maman plaisante, Maman vous aime ! claque-t-elle un baiser dans les airs.

Marceau est décontenancé par autant de maladresses concentrées dans un laps de temps aussi court. Statistiquement, ça doit être assez rare.

– Bon, alors, racontez-moi tout ! Je veux tout savoir ! Tiens, j'ai croisé ta mère, il y a de ça quoi ? Quelques mois… Six peut-être… C'te pimbêche a fait mine de ne pas me reconnaître, comme d'hab. Ce qu'elle peut être coincée, celle-là ! Enfin coincée… Qu'elle veut nous faire croire !

Un rire affreux vient gonfler sa gorge et ricoche, bleu nuit, dans les tympans de Léo. Alexandra s'est approchée d'elle pour lui filer un coup de coude complice.

– Parce qu'on s'en souvient bien, nous, hein ma Léa, de sa tenue affriolante, ce jour-là ?

Son rire part dans les aigus cette fois et à la vue de Léo qui recule effrayée, c'en est trop pour Marceau.

– Non, Alexandra, elle ne s'en souvient pas. Elle ne se souvient de rien du tout avant l'accident. Asseyez-vous, je vais servir le café, tente-t-il de la canaliser un peu.

Léo fronce les sourcils et d'une œillade sèche lui fait comprendre qu'elle veut décamper. Marceau répond d'un battement de paupières appuyé par la négation, force Alexandra à s'asseoir et invite Léo à en faire de même.

– Nous sommes justement ici pour cela. Nous avons besoin de vous et de vos souvenirs. Pouvez-vous vous concentrer et nous raconter tout ce que vous savez sur Léopoldine et sur sa famille. C'est très important pour Léa, vous comprenez ?

Lui conférer de l'importance pour avoir toute son attention, il est malin son Marceau... Léo obéit et s'installe sur une chaise en face de son amie d'enfance inconnue.

– Tout ? s'excite la fille. Bah, c'est-à-dire qu'on en a pour un moment, on se connaît depuis la maternelle et on ne s'est séparées que lorsque tes cons de parents t'ont envoyée en pension. C'était en troisième.

– Et pourquoi ils m'ont envoyée en pension ? demande calmement Léo.

– Ils ont dit que c'était pour tes études ! Mais on sait bien, nous, que c'était pas pour ça, que c'était à cause de la scène avec ta mère bourrée en porte-jarretelles.

– Ma mère bourrée en porte-jarretelles ? répète Léo syllabe après syllabe.

Et là, elle a un doute. Soit c'est une folle furieuse mytho au possible la Alexandra machin, soit elle nage en plein scénario loufoque d'une série comique.

– Vous pouvez développer, s'il vous plaît, Alexandra ? l'encourage Marceau.

Elle dévisage Léo d'un air presque suspicieux. Elle ne se souvient vraiment de rien ? De rien de rien ? Comment peut-on ne pas se souvenir de ça ? Léopoldine, elle, demeure impassible. Une partie de son cerveau a déclenché le code rouge et lui ordonne d'activer le mode *spectateur*.

– On rentrait de l'école, commence Alexandra. C'était un mardi, je me souviens parce que le prof de gym était absent, du coup, on avait quitté plus tôt. Léa m'a proposé de venir chez elle. Le mardi, sa mère allait à un cours de peinture dans la vieille ville et son père bossait, il n'y avait donc personne. Parce que ses parents, ils ne voulaient pas que Léa invite des copains chez elle, elle le faisait toujours derrière leur dos. Comme lorsqu'ils étaient allés à ce congrès à Paris et qu'on avait organisé une fête l'année d'avant, tu te rappelles ? interroge-t-elle Léo.

Mais Léo ne répond rien, elle continue de la fixer sans expression.

– Bref, donc on est allées chez toi. On est passées par la petite porte du jardin, celle à l'arrière, comme on faisait toujours, parce qu'on coupait par les champs pour aller plus vite. Et quand on a contourné la maison pour atteindre la porte d'entrée, on est tombées sur ce mec qui remontait dans sa bagnole garée dans la cour. Je sais pas pourquoi mais on s'est cachées le long du mur. Et c'est là qu'on a vu ta mère sortir en titubant dans son déshabillé de soie en dentelles noires. Elle essayait de rattraper le type qui avait l'air en colère. Elle le suppliait en pleurant de ne pas la laisser, de l'emmener avec lui. Elle s'est accrochée à sa manche essayant de l'empêcher de monter dans sa voiture, mais le gars l'a repoussée et elle est tombée par terre. Elle ne s'est pas relevée et lui s'est barré. Elle est restée là à sangloter, la tête dans les graviers blancs. J'étais super mal pour toi… Je savais pas quoi dire. On est restées planquées un moment, en silence. Moi, je me suis dit que ta mère allait bien finir par se relever et qu'on allait repartir comme on était venues, sans se faire voir. Mais toi, tu t'es précipitée sur elle, et tu l'as aidée à se remettre debout. Elle t'a regardée hagarde, du mascara plein le visage.

– Elle puait le whisky…

Un coup de tonnerre inaudible retentit dans la cuisine. Marceau s'accroupit auprès de Léo et demande à voix basse :

– Tu t'en souviens ?

– Non, mais j'imagine puisque c'est le goût que j'ai dans la bouche, répond-t-elle froidement les yeux dans le vide.

– Ensuite, tu m'as fait signe de venir t'aider pour la ramener à l'intérieur. Elle était tellement pétée qu'elle n'arrivait même pas à marcher. Et puis on l'a installée…

– Sur le canapé du salon, coupe Léo.

Marceau lui pose la main sur la cuisse. Il est inquiet.

– Ça va, Léo ?

– Le cuir froid du canapé. Granuleux, explique Léo.

– Et après ? demande Marceau, que s'est-il passé ?

– Léa a dit que si son père la trouvait dans cet état-là ça allait être un drame, alors on l'a habillée, on l'a démaquillée et on l'a mise au lit. Et puis je suis partie. Le lundi d'après, tu quittais le collège pour ton école de bourges à Lausanne.

– Et son vent métal, souffle Léo, toujours le regard flou.

– Pardon Léo, tu as dit quoi ?

– Lausanne et son vent métal, répète-t-elle monocorde.

– Ça vous aide, ça ? demande Alexandra.

– Ça nous aide beaucoup Alexandra. Beaucoup, beaucoup. Continuez, que savez-vous d'autre ?

– Je savais que son père n'était pas tendre avec sa mère. Léa disait qu'il lui collait des denses en cachette. Je dis en cachette, parce qu'elle ne l'avait jamais vu faire, mais elle était toujours pleine de bleus. Lui disait à qui voulait l'entendre que si elle buvait moins, elle tomberait moins. Mais toi tu disais qu'elle picolait pour oublier les coups justement.

– Léo était proche de sa mère ? cherche à savoir Marceau.

– Non. Pas vraiment. Elle était très froide, déjà à l'époque. Et belle, ça c'est sûr qu'elle était super belle… Léa ne disait quasiment rien sur elle. Ni qu'elle l'aimait, ni qu'elle ne l'aimait pas. C'était son père surtout qu'elle détestait. Mais d'une manière générale, tu parlais peu de tes parents, c'était un peu comme s'ils n'existaient pas. Tu préférais venir chez moi. C'est vrai qu'à la maison, on était entassés à sept dans notre cage à lapin, mais au moins on se marrait bien. Quand j'ai dit à ma mère que j'allais te voir elle était comme une dingue ! Elle t'embrasse d'ailleurs…

– *Consortium*… esquisse un faible sourire Léo.

– Hein ? grimace la fille.

– Vous aviez des animaux ? lui demande Marceau.

– Hou là, à ce stade ça s'appelle une ménagerie ! A l'époque, on avait les trois chats, la grise, Frou-Frou et Ramona, on avait Pépette et Poupouch aussi, les deux chiennes abandonnées qu'on avait récupérées. Mon frangin avait Pipine, la grosse lapine qu'il avait ramenée de chez la grand-mère pour pas qu'on la bouffe mais qui bouffait tous les fils électriques de la baraque ! Ce que ça peut être ingrat un lapin ! Y'avait aussi les perruches insupportables de Jessie, ma frangine, qui faisaient plus de boucan que nous tous réunis. Et puis, mon père avait ses tortues immondes de quatre kilos cinq chacune ! Vous voyez, ça faisait du monde pour un soixante-dix mètres carrés !

Marceau regarde sa montre. Il est déjà 17h. Il hésite à poser une autre question tellement chaque réponse est longue…

– Et comment j'étais ? Mon caractère, je veux dire… J'étais quel genre de gamine ? réintègre péniblement la conversation Léo.

– Sympa, pas très bavarde, ça, visiblement, ça n'a pas changé… Assez rebelle, douée à l'école mais tu te la ramenais sans cesse, ça agaçait les profs. Rhô… Tu te souviens de madame Gerfignot en quatrième ? La crise qu'elle avait piquée parce que t'avais mis de la crème dépilatoire sur son sac à main en poils de gnou ?

– Les poils ce n'est plus tendance de toute façon… répond Léo dans un flegme déconcertant.

– C'est ça ! C'est ce que tu lui avais répondu. Ça t'avait valu dix heures de colle !

Marceau n'en revient pas. A chaque souvenir, ça fait mouche. Il encourage Alexandra à poursuivre.

– Citez-nous un autre exemple, n'importe quel souvenir !

– N'importe lequel ?

Elle réfléchit un bref instant puis se lève d'un bond.

– Vous entendez ? s'immobilise-t-elle.

Ils tendent l'oreille mais non, ils n'entendent rien.

– C’est pas normal. Quand j’entends plus rien, c’est pas bon signe. Faut que j’aille voir ce qu’ils fabriquent… A mon avis, les connaissant, une belle connerie !

Et elle disparaît dans le couloir laissant Marceau et Léo éberlués.

– Drôle de fille ! souffle Marceau.

– Pas méchante.

– Un peu bavarde, non ?

– Un peu fatigante, oui, conforte Léo.

Au bout de l’appartement, des cris se mettent à fuser, puis des pleurs. Puis des hurlements stridents.

– On y va ? propose Léo. On a ce qu’il nous faut, non ?

– Tu as raison, on se casse avant d’être définitivement sourds. Prête pour l’acte deux ?

– Quel acte deux ? plisse-t-elle le front.

– Tes parents, on file chez tes parents ! Maintenant que je sais que ta mère se balade en porte-jarretelles et en négligé de soie au beau milieu de l’après-midi, je sais pas mais, j’ai comme qui dirait un peu plus envie de la connaître…

– Et puis, elle va être ravie de pouvoir partager son scotch… ricane Léo.

La jeune maman repointe son nez, rouge de colère.

– Vous saviez ce qu’ils faisaient ces petits morpions ? Ils arrachaient le papier peint de ma chambre ! Et vous savez pourquoi ? Parce qu’il est moche ! C’est ce que Léa m’a dit droit dans les yeux. Elle est d'une insolence cette Léa, je vous jure, je ne sais plus quoi faire avec elle ! C'est tout le portrait de son père ! Moche, mon papier peint ? Qu'on vient tout juste de refaire ! Une blinde ça nous a coûté en plus. Quand son père va rentrer, elle fera moins la fière ! Elle le craint, lui ! Enfin, c'est facile, il n'est jamais là. Alors quand il rentre, enfin s'il rentre… Forcément, ça se tient à carreaux la marmaille. Je vous assure, être mère au foyer, c'est ce qu'il y a de pire…

– Tu as appelé ta fille *Léa* ? souligne Léo.

– Oui, j'ai toujours adoré ce prénom. Comme toi, je t'ai toujours adorée. Quand j'ai appris ton accident, je me suis tellement inquiétée. Je suis même allée voir ta mère, mais elle m'a dit que toutes les visites étaient interdites. Je t'ai écrit des lettres mais tu ne m'as jamais répondu. J'ai pensé que tu devais me trouver inintéressante, toi t'avais fait des études tout ça, alors que moi… Alors, j'ai fini par laisser tomber. Alors, tu penses, quand ton ami Marceau m'a appelée, j'étais folle de joie. On va se revoir hein, maintenant ? Hein, Léa, tu promets ?

Une infinie tristesse s'abat sur Léo. Tous ces gens qu'elle a rendus malheureux sans le savoir… Elle se tourne vers sa vieille amie et lui attrape les mains.

– Oui, Alexandra, bien sûr que l'on va se revoir. Je ne les ai jamais eues tes lettres, je t'aurais répondu sinon…

– Lex… Tu m'appelles Lex.

– On doit s'en aller maintenant mais je te promets, Lex, on va se revoir.

Elles se serrent l'une contre l'autre et Léo reconnaît une odeur piquante acidulée dégradée et bicolore. Elle visualise un tissu écossais noir et rouge avec une grosse épingle dorée.

– Je vous ai aidés ? demande Lex.

– Infiniment… assure Léo.

***

– Rappelle-moi de ne jamais faire d'enfant, lâche Marceau une fois la voiture démarrée.

– Salaud ! rit Léo. Elle est touchante cette fille… Elle n'a pas l'air bien heureuse.

– C'est peu dire.

Une sonnerie se met à retentir dans l'habitacle. Ils se regardent étonnés, l'un comme l'autre ne reçoivent quasiment jamais d'appel. Léo plonge sa main dans son sac et en ressort son téléphone.

– C'est ma mère ! s'écrie-t-elle avec effroi.

– Ben ! Réponds !

Elle regarde l'écran comme s'il s'agissait d'un bâton de dynamite crépitant puis décroche enfin.

– Allô…

A l'autre bout de la ligne, une voix glaciale et chevrotante.

– Ton père a fait un AVC. Il est à l'hôpital. Dans le coma.

CHAPITRE 33

Le génie du froid

Quinze minutes plus tard, Léopoldine et Marceau pénètrent dans le centre hospitalier d'Epagny. Le même où Léo s'est réveillée sept ans plus tôt, entièrement vide. Elle n'y était jamais retournée. Un malaise immédiat l'enveloppe. En regardant le doigt de Marceau appuyer sur le bouton de l'ascenseur, elle sent l'ensemble de ses membres se dérober et devenir prisonniers d'un corps étranger, flasque. Elle traverse le long couloir aux lumières blafardes dans un épais liquide amniotique visqueux et phosphorescent.

– Attends-moi là Léo, je vais me renseigner.

Léo hoche la tête et reste plantée dans le hall, paralysée. *Dépossédée.* C'est ce mot rayé orange et noir qui s'affiche dans son esprit depuis l'annonce de l'AVC. *Dépossédée. Dépossédée. Dépossédée.* Il l'a dépossédée de tout et maintenant il va la priver de la vérité. A jamais. Elle le sent. Elle le ressent au plus profond d'elle-même. Ils étaient si proches du but. Elle le sentait. Elle sentait la vague arriver. Elle savait qu'elle allait y arriver, là, dans quelques heures. Et maintenant tout est ruiné, fichu, foutu, anéanti. *Dépossédée. Dépossédée. Dépossédée.* Elle le déteste plus que jamais.

Marceau revient en compagnie d'une infirmière.

– Elle va t'accompagner, Léo.

– Ne me laisse pas toute seule, le supplie-t-elle les yeux noyés d'obscurité.

– Je ne peux pas ma Léo, seule la famille est autorisée… Mais je ne bouge pas, je t'attends. Je suis avec toi. Ça va aller. Ça va aller, Léo.

Son regard lui énonce toute sa colère. Il sait que ce que les autres vont prendre pour du chagrin n'est que rage. Lui seul sait. Il lui dit, sans son. Le léger mouvement de ses lèvres parvient à lui donner le courage de suivre la dame en blanc.

Il suit ses pas hésitants et la regarde disparaître derrière une porte au hublot opaque.

Fait chier ! Putain, si près du but. Si proche de la vérité. Ils allaient trouver, elle allait se souvenir. C'était certain. Cette rencontre avec Alexandra… Il a bien vu, tout lui revenait au fur et à mesure, pas clairement, mais le processus s'accélérait. Depuis le début, le processus ne fait que croître. Jour après jour, discussion après discussion, ses sens s'expriment, ils libèrent sa mémoire, la défrichent. Petit à petit, pas à pas, elle redevient elle-même. Il le voit. Et l'autre, c'est le moment qu'il choisit pour nous faire sa grande sortie. Un AVC pour un neurochirurgien, quelle petite salope sarcastique cette existence !

Marceau est fou d'inquiétude pour Léo. Il marche mécaniquement en cercle, la tête entre ses mains. Ici, dans cet hôpital en plus. Il aurait dû dire qu'il était son frère ! Il l'est d'ailleurs. Qui a-t-elle à part lui ? Qui s'est occupé d'elle ? Qui s'en est vraiment occupé ? Il repense à leur rencontre. Son rire… Son si joli rire dans ce matin pluvieux où il allait crever dans sa vie étriquée. Il la revoit sur la plage à Honfleur courir et rire encore. Il se revoit sur le banc aux aurores à Madrid, sa tête contre la sienne et leur promesse d'éternité.

Léo, ma Léo, ce que la vie est grande avec toi… Toi, tu es née ici il y a sept ans, moi, je suis né le jour où je t'ai rencontrée. Avant je n'étais rien. Je n'étais personne. Avant, j'étais mort.

Toi et moi contre le reste du monde, heureuse fatwa souffle un vent de fronde, on ira se battre jusque dans nos corps, là où le silence est roi, le silence est mort...

Combien de temps va-t-elle rester là-dedans, bon sang ?

Il ne tient plus et s'apprête à retourner voir l'infirmière lorsque la porte s'ouvre à nouveau et que Léo réapparaît. Son visage est fermé à triple tour et son pas brutal.

– Allez, on se casse ! dit-elle à sa hauteur sans s'arrêter.

Marceau lui emboîte le pas en silence. Il sait qu'elle lui dira en temps voulu.

Devant la Fiat, Léo réclame les clefs. Il les lui donne et ils montent dans la voiture.

– On va chez moi. Il ne va pas nous empêcher de faire ce qu'on a à faire, cet enculé. Il ne s'en tirera pas comme ça.

***

Ils arrivent devant une haute grille blanche. Léo fouille dans le vide-poches de sa portière et en sort un trousseau de clefs. Elle actionne une télécommande noire et les battants s'ouvrent lentement.

– Bienvenue chez les sombres.

Marceau dissimule un frisson d'angoisse. La demeure est lugubre. Aussi large que haute, la façade grise, le toit court et sombre.

Lorsqu'ils grimpent les quelques marches du perron à double escalier, Marceau a presque envie de rebrousser chemin. Léo tourne la clef dans la serrure et pousse la porte. Elle entre.

– Putain d'odeur de bougies de merde ! l'entend-il vociférer.

Il est resté en retrait mais peut la sentir de là où il est.

– Bon, tu viens ? Qu'est-ce que tu fous ? l'engueule-t-elle.

A son tour, il franchit le seuil. Le mobilier est démodé et ostentatoire. Les tapis épais et les tentures lourdes. Il règne un ordre qui le met mal à l'aise. Et cette odeur… De vieux, de renfermé, de cire…

Léo jette les clefs sur la console de l'entrée.

– Voilà ! Charmant, non ? s'exclame-t-elle. Tu comprends pourquoi je n'aime pas revenir ici ? Tu sais ce qu'on va faire ? On va s'en jeter un p'tit, qu'est-ce que t'en penses ? se dirige-t-elle vers le meuble sur lequel est posée une télévision, elle aussi d'un autre temps.

– Léo… Je ne sais pas si c'est une bonne idée…

– Tu n'as pas le monopole de picoler quand ça ne va pas.

– Ce n'est pas ce que j'ai dit, mais…

– Laisse tomber la leçon de morale, sort-elle une bouteille de whisky dix-huit ans d'âge. Ça, ça devrait te plaire, non ?

– Léo, arrête, hausse-t-il le ton.

– Quoi ? Qu'est-ce qu'il y a ? Je te choque ? Je devrais être triste parce que mon père va peut-être crever ? Tu sais quoi ? Je m'en cogne. Mais alors, d'une force, si tu savais…

Répondre serait bien inutile. Elle sort deux verres d'un buffet massif à ornements gravés et verse du scotch dans chacun d'eux.

– A la tienne, lui tend-elle le sien.

Marceau l'attrape et la regarde ingurgiter le liquide cul-sec.

– Et ta mère, elle ne rentre pas ?

– Ma mère a décidé de jouer les épouses éplorées. Elle veut rester à l'hôpital jusqu'à son réveil. Elle a fait une crise aux toubibs, t'aurais vu le sketch ! Trente ans qu'il lui fout sur la gueule et au lieu de se réjouir, elle, elle chiale.

Elle saisit la bouteille et remplit à nouveau son verre.

– Léo, ça suffit maintenant, dit-il avec fermeté.

– Un deuxième et puis je prends une douche, parce que je me sens dégueulasse de toute cette merde nauséabonde qu'on m'a refilée depuis mon retour dans cette ville de malheur.

Ça, il peut comprendre. La journée a été plutôt rude. Il en prendrait bien une lui aussi.

Léo descend son deuxième verre d'une seule traite, en faisant une grimace, cette fois. Elle s'ébroue avec énergie puis lâche :

– Et après on descend voir ce qu'il y a dans cette putain de cave !

Elle quitte la pièce et Marceau entend ses pas s'éloigner dans un couloir voisin.

Il s'assoit dans le canapé et goûte ce dix-huit ans d'âge. Mouais… Fruité, sans plus, rien de transcendant. Sacrée journée, souffle-t-il en gonflant ses joues. Il laisse ses yeux parcourir les bibelots trônant sur les meubles. Rien ne ressemble à Léo dans ce décor. C'est comme une dissonance. Sur le petit guéridon doré à côté du divan est posé un cadre avec la photo d'un couple. Il le saisit et en étudie l'image. Ses hôtes certainement. Lui, la trentaine, le cheveu bien peigné. Il porte un polo clair et un pull rouge sur les épaules noué. Ses lèvres étonnamment fines laissent entrevoir un sourire de requin blanc. A côté de lui, une femme, plus jeune, aux longs cheveux bruns. Un corsage à épaulettes plissées, la beauté froide et la même clarté de regard que Léo. Il le repose. Qu'ont-ils fait de toi, ma Léo ? Il entend de l'eau couler, elle doit être sous la douche, pourvu que ça la détende un peu. Il appréhende la suite.

Au fond de la pièce, sur une desserte en verre fumée, il aperçoit un tourne-disque. Il se lève et vient examiner l'objet. C'est un *Denon*. Ses parents en avaient un aussi. Les enfants n'avaient évidemment pas le droit d'y toucher. Il appuie sur le bouton *ON* de l'ampli, et le bruit reconnaissable de la mise en tension se fait entendre dans les enceintes. Il lève le bras et la platine se met à tourner. Il le repose. Il va mettre un disque. Quelque chose de profond et d'apaisant.

Il s'accroupit et se met à fouiller dans les 33 tours rangés en dessous. Il passe les disques en revue, un à un. Strauss, Wagner, Tchaïkovski, Haydn, Bartók… Il n'y a que du classique. Bach, Händel, Salieri, Ravel, Dvořák, Bizet, Puccini, Purcell… Tiens, Klaus Nomi ! Il sort ce dernier de sa pochette et l'installe sur la platine. Il actionne à nouveau le bras et pose le diamant avec délicatesse sur le sillon de la première piste. Et les premiers accords se font entendre. Un synthétiseur lancinant reproduisant les cordes de violons menaçants. Marceau augmente le volume. Il aime cette chanson. Elle lui procure de la puissance. Il a besoin d'intensité. Il a envie de se diluer dans cette voix surréaliste entre ange et démon. Elle se met alors à envahir la pièce et c'est le moment que le ciel choisit pour laisser éclater l'orage. Il ferme les paupières, il écoute et frissonne.

– *Apostrologie* ! entend-il derrière lui. C'est cette musique !

Il se retourne dans un sursaut et découvre Léopoldine dégoulinante debout au milieu du salon, le regard à la fois affolé et absent. Habité. Elle tremble de tous ses membres et montre du doigt le tourne-disque.

– C'est cette musique qu'il y avait quand je suis rentrée ce jour-là…

– Qu… Quoi ? Qu'est-ce qu'il y a, Léo ?

Mais elle ne semble pas l'entendre et elle se dirige vers la porte d'entrée. Elle l'ouvre. Marceau attrape sa veste posée sur la chaise et la couvre, elle est nue.

– Je rentre… Je pousse la porte et j'entends cette voix, c'est trop fort, c'est assourdissant.

Elle referme la porte et revient sur ses pas.

– Je viens chercher des affaires. Je rentre du lac. J'étais avec Damien.

Elle avance à pas lents et ses mots sont prononcés sans émotion. Elle se dirige dans le couloir. Marceau la suit.

– Je vais dormir chez lui. Mais il me faut des affaires. Je n'ai pas d'affaires. Je viens en chercher… Mais il y a cette musique…

Elle s'avance vers l'escalier et s'arrête devant une porte. Elle actionne la clenche.

– La porte de la cave est ouverte et je vois une faible lumière en bas. Rouge. *Maman* ! se met-elle à appeler faiblement. *Maman, tu es en bas ?* Mais personne ne répond. Je descends les premières marches. Il fait sombre et il y a toujours cette voix horrible avec ses hoquets aigus. *Papa, c'est toi ?*

Marceau a glissé sa main dans la sienne et sans s'en rendre compte, Léo l'a saisie et serrée très fort. Il n'ose comprendre ce qu'il se passe… Ne pas la brusquer, la suivre doucement, se faire oublier, la laisser se souvenir, faire confiance à ses sens.

Une odeur de moisi envahit les narines de Marceau. Dans l'obscurité, il distingue la main de Léo qui s'appuie contre la rampe en acier.

– C'est froid… J'ai peur.

Elle poursuit sa descente lentement jusqu'en bas des escaliers.

– J'arrive en bas, je passe devant l'établi, la lumière se fait plus forte, elle provient de la cave à vin. J'y entre.

Elle poursuit sa progression tenant toujours la main de Marceau et ensemble, ils pénètrent dans la cave voûtée. Elle s'immobilise et se crispe.

– Là, la porte est entrebâillée.

Elle désigne une étagère remplie de conserves et de pots de fleurs vides. Marceau la regarde confus. Il ne voit aucune porte.

– Je ne connais pas cette porte, je ne l'ai jamais vue…

Marceau décale légèrement Léopoldine et tâtonne. Il cherche une ouverture, quelque chose qui ressemblerait à un loquet, ou à une poignée… Sur le mur tout d'abord, sur les étagères ensuite, puis sous, puis au fond. Rien. Léo s'impatiente.

– J'ai peur, j'ai de plus en plus peur, je vois la lumière rouge, j'entends une voix d'homme que je ne connais pas, et des plaintes sourdes comme étouffées.

Il finit par se mettre à quatre pattes et inspecte le sol. Là, quelque chose sous ses doigts, il tire, entend un clic métallique puis pousse. L'étagère bouge. Il se relève et la tire vers lui, c'est bien une porte. Il l'ouvre en grand.

Léo s'est repositionnée à ses côtés et de nouveau accrochée à lui. Le volume de la musique qui passe à l'étage redouble ; des haut-parleurs sont fixés aux quatre coins de la pièce.

– Il est là, assis dans le fauteuil, calme, murmure Léo.

Marceau cherche un interrupteur des doigts le long du mur en briques.

– Je ne comprends pas. Je ne comprends pas ce qu'il fait là, dans le rouge, à écouter de la musique si forte. Et cette odeur de bougie ambrée…

Enfin, Marceau trouve un bouton et l'actionne. Une lumière rouge jaillit dans la pièce. Dans l'angle opposé, un fauteuil club.

– Alors, je m'avance. Et je la vois, elle.

Léo lui broie les phalanges et sa voix se met à trembler. Elle fait quelques pas plus en avant.

– Elle est là, attachée, bâillonnée, presque nue, dos à moi.

Et Marceau voit. Les crochets métalliques fixés aux murs et au plafond. Et les sangles qui gisent au sol.

– Mon esprit ne comprend pas. Je tourne à nouveau mon regard vers mon père. Lui, ne m'a pas vue. Il fait du menton ce mouvement sec et court qui ordonne. Quelque chose cingle l'air puis un gémissement, presque animal, se fait entendre. Et là, je vois cet homme en costume, une lanière de cuir à la main.

Léo se met alors à pousser un cri abominable.

– Je crie. Les yeux de mon père se posent sur moi. Ils me fixent. Ils me percent. Je n'arrive plus à bouger. Je reste à le fixer moi aussi. Horrifiée. Je comprends tout. Tout… Je regarde à nouveau ma mère qui a tourné la tête comme elle a pu. Je vois ses pupilles affolées, ses bleus dans le dos, ses rougeurs sur les cuisses, ses jambes écartées, ses seins comprimés, j'ai envie de vomir. Elle fait *non* de la tête, comme si cette négation allait changer le cours des choses. L'homme aussi me regarde, il s'avance vers moi et me tend la main, je recule d'un pas et me cogne contre le chambranle de la porte. Je trébuche. Je me sens prise au piège, je suis terrorisée. J'ai l'impression de mourir. Je cherche de l'aide dans les yeux de mon père, il ne… Il ne… Il ne bouge pas. Il…

Léo se met à trembler de tous ses membres et à sangloter. Marceau lui enserre avec fermeté les épaules et la tient contre lui pour essayer de la contenir.

– Je suis là, Léo, tout va bien, je suis là…

– Il… Il me fixe… Il n'arrête pas de me fixer… Et il…

– N'aie pas peur, c'est terminé… C'est fini, Léo, essaie-t-il de la rassurer.

Elle relève la tête, semble revenir légèrement à elle et dit :

– Il a ce sourire pervers et dégueulasse. Epouvantable.

Elle s'arrête net puis ajoute dans un sanglot déchirant :

– Puis il me fait signe de me joindre à eux. Je n'entends pas le mot mais je peux lire sur ses lèvres : *Viens…*

Une fureur incontrôlable s'empare de Marceau et sa tête se met à tourner de rage.

– Et ensuite Léo ? Qu'est-ce qu'il s'est passé ? a-t-il du mal à prononcer.

Elle se dégage violemment de l'emprise de Marceau et s'enfuit de la pièce.

– C'est trop. C'est diabolique. Je m'enfuis, je cours, je tombe, j'entends ma mère et ses hurlements étouffés et toujours cette musique… Je remonte les escaliers. Ce qu'elle fait. Marceau la suit en courant. Elle traverse le couloir puis le salon puis ouvre la porte d'entrée

– Je sors de la maison, je remonte dans la voiture, je démarre et je me sauve. Je n'ai qu'une idée en tête, leur échapper et appeler à l'aide. Il faut la sortir de là.

– Et puis ? déglutit péniblement Marceau essoufflé au milieu de la cour à gravillons.

Elle stoppe sa course, écarte les bras, tournoie sur elle-même la tête vers le ciel.

Et ses larmes se mélangent à la pluie d'été.

– Et puis plus rien. Le noir. Le blanc. Le vide.

CHAPITRE 34

Comme de l'eau claire

Marceau a eu beaucoup de mal à calmer Léo ensuite. Il l'a séchée puis habillée. Elle n'a plus dit un mot. Il a respecté. Il est resté longtemps près d'elle sur le canapé. Jusqu'à ce qu'elle s'endorme.

Il s'est resservi un verre. Puis deux, puis trois, puis quatre puis a terminé la bouteille. Il était persuadé que le fait de découvrir cette vérité oubliée serait un soulagement. A présent, il ne sait quoi penser. Toutes les vérités sont-elles bonnes à connaître ? A quel prix surtout… Sa petite Léo rieuse, vide et libre, légère comme une plume, la voilà dorénavant engluée dans un passé fétide, comme lui. Qu'a-t-il fait ?

Il est abattu. Coupable et perdu. Que vont-ils faire maintenant ? Comment va-t-il pouvoir continuer à l'aider ? Comment va-t-elle s'approprier sa vie avec ces immondices pour mémoire ?

Il demeure des zones d'ombre. Il aurait bien aimé lui poser d'autres questions. Qu'est-ce que fout effectivement sa mère au chevet de son salaud de mari ? Martyriser sa femme, l'offrir en pâture à d'autres… Il y a un nom pour cela… Il ne s'en souvient plus, il cherchera… Mais alors inviter sa propre fille à participer à ces ébats… L'accident à ses yeux n'a pas dû être un drame mais plutôt une bénédiction. L'isoler, la calfeutrer, la reformater pour ne pas qu'elle se souvienne... Quelle perversion. Quel gâchis ! Tout ça pour continuer à assouvir ses déviances en toute impunité. Marceau a envie de vomir. Ce qu'il fait. Il se retourne le ventre et le cerveau jusqu'au petit matin où il finit par s'assoupir dans un fauteuil en face de Léo.

***

Lorsque Léopoldine ouvre les yeux, il est 6h. Le soleil filtre à travers les rideaux. Elle regarde autour d'elle. Le salon, la maison, l'AVC. Elle se frotte les yeux et essaie de se souvenir. L'hôpital, l'infirmière, le whisky, la porte, la cave… C'est une cavalerie entière qu'elle entend gronder dans ses oreilles. Ils arrivent par l'arrière en galopant à se fendre les jarrets. *Ne pas se retourner, ne pas se retourner.* Devant elle, un champ de bataille jonché de cadavres encore fumants. Une désolation en noir et blanc. Puis une armée de mille hommes lui passe sur le corps, la piétinant de leurs lourds sabots, durs et tranchants. Elle regarde la horde continuer sa route jusqu'à disparaître derrière la ligne d'horizon.

Il faut qu'elle appelle sa mère. Qu'elle sache.

Elle se lève et sort téléphoner. Elle laisse un message. *Quand rentres-tu ? J'aimerais te parler…*

Elle prépare un café ensuite. Quelles questions va-t-elle lui poser ? Et quelles réponses sa mère va-t-elle lui fournir ? Lui dira-t-elle la vérité ? Léopoldine pensait que se souvenir allait lui permettre de revivre à nouveau. Pleinement. De redevenir entière, complète, consciente. En réalité, dans cette cuisine hideuse, ce premier lundi matin d'août a un goût de mort.

Quel goût a la mort ? Un goût épais, amer, ferreux.

Le mot *lundi* vient de changer de couleur dans la classification de Léo. Il n'est plus bleu, comme *Alexandra*, *vélo*, *aide*, ou *planète*, non, il est devenu marron. Il n'a même pas revêtu l'élégance du noir, il n'a même pas eu cette dignité. Non, il est d'un marron sale, mordoré, avec des reflets verdâtres comme les yeux des grosses mouches qui déposent des larves sur les charognes.

Voilà, c'est ça, elle est morte.

Sa mère ne prend pas la peine de la rappeler.

Léo est assise sur le perron lorsque Marceau se réveille. Il lui tend une tasse de café et s'installe à côté d'elle.

– Que veux-tu que l'on fasse ? lui demande-t-il.

– Je n'en ai aucune idée.

– Ça va aller ?

– Je n'en suis pas certaine.

– Tu dois parler à ta mère.

– Je sais, mais elle ne me répond pas.

– Elle va bien finir par rentrer…

– C'est ce que je me dis, je l'attends, regarde-t-elle en direction de grand portail en fer forgé.

Marceau se sent d'une tristesse et d'une impuissance insupportables.

– Ce n'était pas tout à fait ce qu'on avait prévu, hein petite sœur ? pose-t-il ses doigts sur les siens.

– Non, pas vraiment, essaie-t-elle de sourire.

– Tu parles d'un cadeau d'anniversaire… T'avais dit quoi déjà, *une petite respiration* ?

– Ouais, je voulais *aller prendre l'air* ! ricane-t-elle faussement.

– On en fait toute une histoire de l'air pur d'Annecy, mais c'est assez surfait finalement…

Léo pose sa tête sur l'épaule de Marceau et referme ses doigts sur les siens.

– Tu me laisses pas, hein ?

– Toi, non plus, hein ?

– Jamais Marceau. Jamais.

Le bruit d'un moteur se fait entendre au loin. Léo se raidit. Une Audi bleu métallisée s'arrête devant la grande grille.

– C'est ma mère !

– Je vous laisse. Je t'attends dans la voiture. Je n'en bouge pas si tu as besoin de moi… Je t'attends, prends tout le temps qu'il te faudra.

Léo, prise de panique ne sait pas quelle posture adopter. Elle décide de rentrer, s'agite au milieu du salon, hésite, tourne encore un peu puis finalement prend place à la table de la cuisine. La pièce la plus laide de la maison.

Elle entend les pas de sa mère sur les graviers, ses escarpins fouler les marches puis la porte s'ouvrir.

– Léopoldine ? appelle-t-elle.

– Je suis dans la cuisine, répond Léo, essayant de maîtriser la fragilité de sa voix.

Sa mère apparaît dans l'embrasure de la porte. Ses traits sont tirés et son chemisier froissé.

– Ça sent le tabac, c'est une infection ! crache-t-elle. Tu fumes maintenant ?

– Assieds-toi, l'invite sa fille.

– Je n'ai vraiment pas le temps. Je prends une douche et je retourne à l'hôpital. Tu te souviens que ton père y est ? demande-t-elle acerbe.

– Assieds-toi, c'est important. Il faut que je te parle, se fait-elle plus ferme.

Le visage de la femme se crispe et sa bouche se tord d'énervement.

– Ce n'est vraiment pas le moment, Léopoldine. Cesse ces enfantillages, tourne-t-elle les talons. Je ne sais pas de quoi tu veux me parler mais ce n'est certainement pas plus urgent que d'être auprès de ton père.

Léo marque un temps de pause. Elle sait qu'après la phrase qu'elle s'apprête à prononcer, le cours des choses ne sera plus le même.

– J'ai découvert la pièce rouge à la cave.

Les pas se sont arrêtés dans la pièce voisine. Le silence leur a succédé.

– Derrière l'étagère à conserves, stipule-t-elle.

Léo attend. Elle compte les secondes en couleur pour l'aider à ne pas quitter sa chaise. 10 vert, 11 noir, 12 orange… La silhouette de sa mère réapparaît en contre-jour.

– Ça ne te regarde pas.

– Je crois, au contraire, que si.

– Non, ce ne sont pas tes histoires.

– Je me souviens, tu sais, j'ai arrêté d'oublier, alors je le répète une dernière fois, assieds-toi, lui ordonne Léo sans appel.

La mère contourne la table puis obéit. Elle lisse le devant de sa jupe et prend place en face de sa fille.

– Que veux-tu savoir ?

– Tout.

Elle détourne les yeux et regarde à travers les rideaux de dentelles les nuages qui défilent dans le ciel. Elle savait que ce moment finirait pas arriver et quelque part elle en est soulagée. Par où commencer ?

– Je t'écoute, s'impatiente Léo.

– Tu as toujours fourré ton nez partout… Gamine déjà, tu posais trop de questions.

Cette phrase fait l'effet d'une gifle sur la joue de Léo. Elle la cingle et ouvre ses chairs.

– Ton père n'est pas un mauvais homme. Il a des défauts et parfois il m'exaspère, mais c'est mon mari. Et je l'aime.

Léo sent sa bouche s'assécher.

– Et tu le défends ?

– C'est ça qui te choque ? Que je prenne sa défense ?

– Oui, entre autres. Mais pas que.

Non pas que. Cette pièce, les attaches aux murs, cet homme qui la frappe, encouragé par son père, spectateur abject et ravi… Et son invitation à les rejoindre. Non… Pas que…

– Tu es consentante ?

– Oui, détourne-t-elle les yeux avec dignité.

Léo ne trouve pas de mots.

Oui, elle l'est. Ça s'est fait insidieusement. Il y a eu les clubs, les salles sombres et exiguës, les autres qui regardaient… Puis qui se sont joints. Au fil des années, il s'est mis à l'exhiber, à la partager, à l'humilier et enfin à l'offrir.

– Mais… Mais pourquoi ici ? Pourquoi à la maison ? s'entend-elle hausser le ton.

– A cause de toi. Quand je suis tombée enceinte, je n'ai pas assumé le regard des gens. C'est là que ton père a installé la pièce en bas.

Léopoldine s'imagine la même scène qu'elle a revécue la veille mais avec sa mère enceinte. Cette pensée est insoutenable.

– Mais quel genre d'homme offre sa femme portant son propre enfant à d'autres pour qu'ils la fouettent ? s'épouvante-t-elle.

Et c'est là que le couperet tombe.

– Ce n'est pas ton père.

Le mot *dépossédée* se remet à tourner en boucle.

– Ton père est stérile et l'a toujours été. Tu es un accident. Un banal accident.

Léo dévisage la femme assise en face d'elle. Elle la trouve laide et aiguë. Un fractionnement est en train de se produire en elle. Une fission sismotectonique qui l'écartèle et la démembre.

– Et qui est mon père ? parvient-elle à balbutier.

– Quelle importance ? s'étonne la femme laide.

– Pour moi, ça en a.

– Un bel homme d'origine espagnole.

– Son nom ?

– Je ne le connais pas.

Léo se lève, avance péniblement jusqu'à l'évier, attrape un verre sur la paillasse, ouvre le robinet, laisse couler l'eau fraîche longtemps puis se retourne.

– Mais… Pourquoi ?

– Pourquoi quoi ?

– Pourquoi ne pas avoir avorté, alors ?

– Pour essuyer un scandale ! Ma pauvre fille, toujours à te moquer de toutes les convenances…

– Les convenances… répète Léo abasourdie.

– Oui, les convenances, parfaitement. Ton père a travaillé dur toute sa vie pour en être là où il en est aujourd'hui, on n'allait pas tout anéantir pour un simple accident.

Alors, elle n'éprouvait donc rien pour elle. Ce qu'elle avait pris toutes ces années chez cette femme pour du malheur n'était en fait qu'un profond désintérêt et un respect des *convenances*.

– Mon accident aussi n'était qu'un *simple accident* pour vous, si je comprends bien ?

– C'était malheureux, c'est vrai, on ne peut pas dire le contraire mais dans notre malheur, il y a eu ton amnésie.

– Que ton mari a pris soin de cultiver...

– Si tu en as terminé avec moi, je vais retourner auprès de lui, s'apprête-t-elle à prendre congé mais Léo se jette sur elle et d'un geste violent sur l'épaule la force à se rasseoir.

– Oh que non… Tu restes là, et tu déballes tout le reste, exige-t-elle les dents serrées. Le mec en noir après qui tu cavalais comme une hystérique dans la cour, c'était qui ? Pourquoi vous m'avez envoyée en pension, coupée du monde, privée de mes amis, acheté Damien. Pourquoi tu aimes te faire tabasser et humilier, et depuis quand, et avec qui ! Pourquoi tu picoles comme un trou, pourquoi tu me fais honte depuis que je suis gamine et pourquoi vous avez ruiné ma vie.

Léo la surprend à donner un furtif coup d'œil sur la pendule accrochée au-dessus du réfrigérateur. Ça la met hors d'elle. Son poing incontrôlable s'érige et vient asséner un violent coup sur la table qui la fait trembler et rebondir sur le carrelage.

– Tout de suite ! s'entend-elle hurler.

La femme sursaute, laisse échapper un hoquet qui trahit son émotion. Elle se ressaisit, se redresse avec respectabilité sur sa chaise puis débute son récit.

– L'homme en noir s'appelait Paul, c'était il y a quinze ans. C'était un client comme les autres au début. Puis il est revenu souvent, puis de plus en plus souvent. Nous sommes tombés amoureux. On s'est mis à se voir seuls, sans ton père. Ça a duré quelques mois et puis ton père a fini par le découvrir. Lui qui aime tout contrôler, ça l'a plongé dans une rage folle. Il a pris des mesures… Il m'a isolée puis fait surveiller. Je le savais, il m'avait prévenue. J'étais prise au piège. Je ne pouvais plus le voir. J'ai cru mourir de chagrin. C'est à cette période que je me suis mise à boire. A vraiment boire, plus seulement occasionnellement pour me donner du courage. Un matin, j'ai appelé Paul. Je savais que ton père avait un colloque en suisse toute la journée. Je l'ai invité à venir à la maison, je voulais qu'il m'emmène avec lui, que l'on s'échappe. J'étais prête à renoncer à tout. J'étais folle de lui et désespérée. Il a refusé. Il est parti. Je crois que j'étais la seule à l'aimer finalement…

– Tu serais partie sans moi ?

– Oui, je crois…

Léo entend un vent de steppe russe souffler dans ses tympans. Elle essaie de se raccrocher aux herbes vertes glissantes à l'extrémité blanche.

– Ensuite, poursuit la femme au chemisier jaune pâle, la vie a repris… Ton père t'a envoyée en pension. Après la scène à laquelle tu avais assisté, on ne pouvait pas te garder ici. Forcément, tu nous aurais causé des problèmes. Sans toi, nous étions plus libres. Les clients ont été de plus en plus nombreux. Les jours ont succédé aux nuits... Les sévices sont allés crescendo. Ton père en demandait toujours plus, et moi quelque part, ça m'allait. Le mal était en dehors. En dehors de moi. C'était libérateur.

Le cerveau de Léo commence à se détacher de son corps. Elle le sent glisser lentement, jusqu'au sol. Elle n'oppose aucune résistance.

– Tu ne devais pas rentrer ce jour-là, ce n'était pas prévu. Nous n'aurions pas eu de visite sinon. Et puis, tu nous as découverts… Ton père était aux abois, j'ai cru qu'il allait devenir fou. Lorsque la police a appelé pour nous prévenir de l'accident, j'ai lu dans ses yeux de l'espoir. C'est à ce moment-là que j'ai compris que je le détestais. Il y a eu le coma et puis le réveil. Avec tes séquelles. C'était inespéré, a-t-il dit. Il savait comment faire. Il a écarté tous ceux que tu connaissais de son chemin, a posé une année pour s'occuper de toi et t'a *reprogrammée* comme il dit. Il t'a fabriqué une fausse personnalité, de faux souvenirs, de faux goûts. Au terme de ces douze mois, nous t'avons installée à Paris pour tes cours de théâtre puis il a monnayé ton premier rôle dans ce doublage qui t'a fait connaître. Ton père est un homme de grande influence qui a beaucoup de relations… La suite, tu la connais.

Tout est faux alors. Tout avait été orchestré, manœuvré par ce sombre qu'elle croyait être son père… Rien de sa vie n'est réel, tout est monté, construit, falsifié. Même son métier. Tout est acheté, manipulé, gouverné. Elle n'est rien. Qu'une illusion, qu'un produit factice, qu'un leurre. Elle n'est personne. Ni désirée, ni aimée, ni vraie. Personne… Personne.

Marceau…

Marceau, il reste Marceau. Tiens, pour la première fois le *e* est jaune. Un jaune soleil, brillant. Tout le reste est noir, solide, dense, fiable.

Léopoldine boit son verre d'eau, le repose sur le carrelage du plan de travail, puis se dirige vers la porte.

– Tu ne dis rien ? demande sa mère.

Léo se retourne, la dévisage une dernière fois et annonce calmement :

– Tu n'as plus de fille.

Puis elle quitte la cuisine, attrape son sac à main posé dans l'entrée, en sort les clefs de la maison et les dépose sur la console. Elle ouvre la porte et sent le soleil lui embrasser le visage. Elle ferme les paupières, les offre au ciel et gonfle ses poumons de l'air matinal encore frais.

– On y va ? l'interpelle Marceau, accoudé à la vitre conducteur de la Fiat bleu salle de bain, à l'arrière toujours enfoncé.

C'est bien ça, il a encore changé de couleur. Il est noir et jaune. Tout comme *valeur*, *espoir*, *chaleur, toujours et together*.

Epilogue

– Il m'avait demandé : *Elle est comment ?* , j'avais répondu ! explique Léo.

– Et donc ? demande Marceau.

– Bah et donc, le mec me dit : *Comment voulez-vous que je la retrouve avec ça, moi ! « Flou », c'est un peu flou comme réponse !*

– Mais les gens n'y connaissent rien en description de bagnoles… rit Marceau.

Damien les rejoint au comptoir.

– Bonsoir, mon amour… s'exclame Léo, j'étais en train de raconter l'histoire de la fourrière à Marceau !

– Oh, non par pitié, pas ça, lui caresse-t-il la joue, on en a pour une plombe, ma Léo.

Damien et Marceau se serrent une solide poignée de main accompagnée d'un geste chaleureux sur l'épaule.

– Tu bois quoi ? interroge Marceau.

– Mets un scotch ! Alors ? Léo m'a dit… le congratule Damien, félicitations vieux, Genève, le grand air, tout ça, ça va te changer !

– J'en avais besoin, j'en pouvais plus de Paris.

– Quoi il n'est pas bien mon appart peut-être ? houspille Léo.

– Il est super, surtout la mamie d'en bas, mais vraiment Paris, je n'en pouvais plus !

– À ton nouveau job et aux Suissesses, alors ! lève son verre Damien.

– En plus question service, elles sont top, rajoute Léo dans un coup de coude.

– Quel service ? interroge Damien.

– Service de table, de chambre, de comptoir… ricane-t-elle fière d'elle.

Marceau lève les yeux au ciel et se met à rire lui aussi. Depuis qu'il est noir et jaune, il est devenu un homme détendu, bavard et rieur. Et même peut-être un petit peu cavaleur. Il butine, comme une abeille.

Léopoldine aussi a vu son prénom changer de couleur au fil de sa thérapie. A la fin de l'été, il a commencé à se métamorphoser en bleu marine, est passé par un bleu moiré pour terminer en bleu nuit. A la fin de l'automne, sa mue était achevée. Léopoldine était dorénavant d'un somptueux noir profond lisse comme de l'onyx. Tout comme les mots *nouveauté, départ, construction, force* et *avenir*.

Sur les conseils de Marceau, elle avait pris la route pour retrouver les doigts xylophones de Damien au début de l'hiver et n'était jamais rentrée.

Tous les trois, ils avaient pris l'avion en février à destination de Madrid. Agathe, Sandro et Pablo, avec huit années de retard, avaient fait la connaissance de Damien, l'avaient adopté le jour même et lui avaient fortement conseillé de changer de nom de famille.

Léa rend régulièrement visite à Lex. Peu à peu, elles sont redevenues amies. En avril, elle lui a appris que son père était enfin sorti de l'hôpital. Paraplégique, privé des fonctions de langage et en fauteuil roulant.

Il a regagné la grande maison aussi large que haute, au toit sombre, aux épais tapis et aux lourdes tentures. Une aide-soignante vient lui faire sa toilette et lui dispenser ses soins quotidiens mais sa femme, sa très chère femme, fidèle, soumise et dévouée, insiste pour assurer les repas. Tous les repas.

Plus jamais il ne descendra dans la pièce rouge mais pourra mourir en sachant à son tour ce qu'est l'humiliation.

Et la faim.

SOMMAIRE

Retrouvez la

Bande Originale Livre

Réalisée par

Adrien Plaza
The Dusk
Mathieu Chocat

Sur

https://soundcloud.com/sacha-stellie/sets/roue-libre-en-kaleidoscope

Kaléidoscope

Paroles & musique Adrien Plaza

La vérité doit se cacher
Dans la chimère que seul le nez
Peut sans tricher dénicher
La vérité n'est pas psyché
Mais la beauté de l'alchimie
Dissimulée de l'envoûté
En un instant le corps d'avant
N'a plus d'empreinte que cet instant
Débordant de vérités
Sortant du lit des lois du temps
Laissant le champ aux voix du cœur
Un instant c'est suffisant
C'est assez long pour désarmer.

En cet instant tu prends l'espace
Tout l'espace du temps qui passe
Dois-je avoir peur de l'oublier
Ou d'être à jamais marqué
Par cette troublante pensée
Me revoilà dans le lit du temps
Qui fuit et laisse s'échapper
Ce moment si parfait
Et moi je tombe au bout du monde
M'envole, explose et inonde
Au bord du vide, j'envie la vie
Une foi intense déborde en moi
Et toi jolie petite fille qui joue, qui sait pas
Qui a les yeux qui brillent

Vois-tu que mon cœur bat ?

A croire qu'il ne suffisait que ça
Qu'il ne suffisait que toi
Et moi je tombe au bout du monde
Enfin libre d'être moi
Une foi intense déborde, je me noie
Dans ces flots sincères qui me nettoient
De tout cet amer en moi.
Toi, jolie petite fille qui joue
Aux mille couleurs, aux mille détours
Tu sais tout comme moi qu'ensemble
On ne cherche pas l'amour
Je me sens moi, toi, nous
Déjà unis, une partie du tout,
Un grain de diable dans les rouages
Un grain de folie sur la plage
Et je me jette au bout du monde,
Je m'embarque avec toi
Comme l'eau de pluie à la mer
Suit le lit qui me ramène à toi
Pour revivre encore une fois
Cette foi intense en moi. (X4)

Allons enfants, c'est parti !
Contre nous de l'inertie
On va se jouer des lois du temps
De la physique et du sang
Allons enfants, ma fratrie
Avec nous l'énergie
Pour savourer l'instant présent
Douce alchimie de la vie et du vent.

La réceptionniste

Paroles & musique Adrien Plaza

On a les yeux bien saturés
A repousser sans cesse ces idées
Il n'est pas question de rentrer
Le jour peut bien se reposer

La nuit, je laisse de côté
Ces pensées qui hantent mes journées
Il n'est pas question d'être happé
Ce soir, je veux juste oublier

Puissance vient donc remplacer
Faiblesse qui gâche mes journées
Il n'est pas question happé
La nuit permet de dominer

Les lumières de Madrid

Paroles & musique Adrien Plaza

Un petit verre de trop dans cet océan noir
Comme un habile pinceau qui habille l'espoir
Morceau par morceau boire pour le croire
Finir ce tableau un jour mais pas ce soir
Ce soir je veux chanter, chanter fort et faux
Jusqu'à en oublier la couleur de mes mots
Ce soir je veux danser, danser au-dessus du vide
Ce soir je suis fiancée aux lumières de Madrid

Un peu trop terre à terre, je ne vais pas tanguer
D'une bouteille à la mer baptisant mon gosier
Moi je préfère me taire me laisser extasier
Par autant de lumière, les yeux écarquillés
Ce soir j'ai retrouvé le goût de contempler
La beauté d'être à deux, un être complet
Ce soir je vais prouver, à moi au monde entier
Que l'on peut être heureux et tout envoyer chier

Toi et moi contre le reste du monde
Heureuse fatwa souffle un vent de fronde
On ira se battre jusque dans nos corps
Là où le silence est roi, là où le silence est mort.

Léo

Paroles & musique Adrien Plaza

Toi, qui fouille dans ton antre
Qui cherche partout en vain
Les autres sont les autres
Et toi, tu n'y vois rien
Hier, tu étais autre
Comme si tu étais
Absolue étrangère à ton inné
Cette voix familière
Habituée à rien dissimuler
Et simuler tes sentiments

Le ciel est gris et bien chargé
D'immensité, d'intériorité
Regarde donc en l'air
Regarde donc en l'air
Le ciel est bleu, on est heureux
C'est pas si souvent
Ils ont menti, revient le gris
Un coup de vent, c'est pas suffisant
Tu as inventé tous ces mots rimés
Pour ton esprit où tout se tait
Et tu subis, maudit déni.
Incapable de voir au fond du bleu de tes yeux
Ce bleu dans le miroir, ce bleu.
Ne sens-tu pas qu'on avance ?
Qu'on remporte la bataille
Il suffit d'un sens et tout change
On s'engouffre dans tes failles

Confidences

Paroles & musique Adrien Plaza

Il est un pays où il ne fait pas bon
S'aventurer, il n'est aucune chanson,
Aucun mot couplet qui n'aura le son
D'une vérité qui tait, qui tue la raison.

Il est un pays où il ne fait pas bon…
S'aventurer, il n'est aucune chanson,
Aucun mot couplet qui n'aura le son
D'une vérité qui tait, qui tue la raison.

« … Marceau, c'est moi... Tu peux me dire à moi, tu sais que tu peux tout me dire…

– J'avais huit ans… J'avais huit ans quand ça a commencé. Au début, il a fait comme si de rien n'était, comme si c'était normal. Quand j'ai compris que ça ne l'était pas… J'ai eu honte. Il m'avait piégé… Je chantais bien, il paraît ! J'ai chanté jusqu'à mes quatorze ans. C'est long… En plus d'être faible, je suis lâche.

– Je suis tellement désolée Marceau.

– Je n'en ai jamais parlé à personne. Maintenant, toi Léo, tu sais. Si on pouvait éviter d'en parler de trop… J'aimerais bien continuer à être ce type un peu fort sur lequel tu t'appuies.

– Tu es le type le plus fort que je n'ai jamais rencontré. Ta confidence, elle fait pas de toi une victime, mais un héros. »

Unisson

Paroles & musique Adrien Plaza

Tant qu'à souffrir et se débattre
C'est quand même plus sympa
De vivre ce long trépas
Dans la chaleur opiniâtre
D'une paire de dents, d'une paire de bras
Qui se plieront cent fois en quatre
Bien décidés à combattre
Le mal-être qui nous broie
On est sauvés, on est ensemble
A rigoler quand la terre tremble
C'est autant de murs qui s'effondrent
Que de raisons de se morfondre
Ma chère amie, allons boire
Et nous moquer de nos faiblesses
Nous serions malheureux de croire
Qu'en se livrant, on se blesse
Arrachons, recrachons, partageons, acceptons,
Libérons nos détresses
Aujourd'hui, j'en chie et j'ai mal
Un jour, ça ira mieux
Ce soir, je t'emmène au bal
Un jour, ça ira mieux
Le passé aux oubliettes
C'est idéal pour danser
Et on ira conter fleurette à qui veut bien écouter
Et on fera ce qu'on peut
Aujourd'hui, plus rien n'a d'importance
On ira au pire ou au mieux… Tout ça n'a que peu d'importance

Wish in memories

Paroles & musique by The Dusk

Closed curtains, the same grey boring scheme
I don't want to wake up, want to stay in this dream
Alarm clock is ringing, I need to get up
The shiver runs down my back, I cannot stop it

I close my eyes, there is no face
My hands touch the sheets, I feel the cold in my body
My mind claims the sweetness of the fate
I'm in front of the great wall, right there

Empty again, I need to feel
Empty again, I need to breathe
Under my skin all my memories
Far away from me, but is something real

Open cracks of arms and pain are now away
Smell of coffee takes me out of my dizziness
I'm choosing my clothes in my wardrobe, today
Will be another day, maybe different

I close my eyes, there is no face
My hands touch the sheets, I feel the cold in my body
My mind claims the sweetness of the fate
I'm in front of the great wall, right there

Empty again, I need to feel
Empty again, I need to breathe
Under my skin all my memories
Far away from me, but is something real

Remerciements

À **Vincent Mignerot** pour l'intérêt accordé à mon travail et la préface qu'il a généreusement acceptée de rédiger.

À **Adrien Plaza** pour ses compétences en neuropsychologie, ses analyses pertinentes et ses fabuleuses compositions musicales.

À **Lucie** & **Laurie** pour leur précieux savoir et la justesse de leurs corrections.

À la lumineuse **Marie Meunier** pour sa patience et ses talents incontestables de mannequin et d'actrice.

À **Daiva,** et à l'ensemble du groupe **The Dusk** qui ont offert ce si joli titre « Wish in memories » à mon histoire.

À **Mathieu Chocat** et son accordéon nostalgique pour leur merveilleuse composition et leur univers décalé.

À **Estelle Meyer** & **Constantin Pappas** pour leur disponibilité et leurs précieux éclairages sur le métier de « voix ».

À **Pierre Jaillon** pour ses qualités de chasseur, son esprit machiavélique et son souci du détail.

À ma précieuse amie **Nat** pour ses connaissances anatomiques et sa reconversion en sciences médico-légales.

Enfin, un immense merci à **Charlotte, Fat, Lily, Loli** & **Nina** mes amies auteurs qui m'ont encouragée et soutenue de la naissance de ce projet à sa sortie.

Sans oublier tous ceux que je ne cite pas mais qui savent l'importance de la place qu'ils ont occupée au cours de l'élaboration, de la rédaction ou/et de la promotion de ce roman.

www.ingramcontent.com/pod-product-compliance
Lightning Source LLC
LaVergne TN
LVHW091252150826
845673LV00006B/1395

9798498622231